エロゲファンタジーみたいな異世界のモブ村人に転生したけど折角だからハーレムを目指す

Eroge fantasy mitaina isekai no mobumurabito ni tenseishitakedo sekkakudakara harem wo mezasu

2

著▸晴夢
絵▸えかきびと

プロローグ 4
1 秋の収穫祭 10
2 自由騎士ギルドの依頼 19
3 双玉の入学式 42
4 一年の成果 59
5 楽しい休日の過ごし方 74
6 素敵な約束 103
7 真剣勝負 117
8 乱入者 130
9 敗北 139
10 伝説の部屋 154

CONTENTS

11 勝負の行方 181
12 ペット事情 195
13 姉妹の話 207
14 デビューライブ 218
15 混ざり合う色たち 233
16 卒業 249
エピローグ 270
書き下ろし番外編 魔石 279
あとがき 287

プロローグ

温泉はいい。温泉は人類が生み出した文化の極みだね。

時刻は夜。みんながとっくにご飯とお風呂を済ませた後、僕は大浴場を一人で満喫していた。二十五メートルプールより大きいお風呂を独《ひと》り占《じ》め。やろうと思えば水泳もできるね。やらないけど。

ふあ〜……とお湯に浸《つ》かって命の洗濯をしていると入り口の戸がガラッと開いた。

黒髪の美少女が走ってきて、そのままお風呂にダイブ。

どっぼーん!!

すぐ隣に盛大に飛び込んできたせいで、頭からお湯を被《かぶ》ってしまった。せっかくのリラックスタイムが台無しだ。お風呂に飛び込んだらいけないって常識を知らないの。

「はぁー、やっぱりここの温泉は最高よねー。ふーくんに急いでもらった甲斐《かい》があったわー」

んーと伸びをして形のいいおっぱいがプルンと揺れた。巨乳ではないけど素晴らしい美乳の持ち主。

綺麗《きれい》というよりは可愛《かわい》い系の顔立ちでたぶん僕より少し年上。

でもこの寮にこんなお姉様いたかな？　見かけた記憶がないぞ？

「はぁぁ……——え？」

「こんばんは」

「……雑竜《ざつりゅう》？　なんでここにいるのよ」

ようやく隣に僕がいるのに気がついた黒髪の美乳さんが、険しい顔で僕を睨《にら》んでくる。あれー？

「雑竜のお風呂は別でしょ！　ここを使うんじゃないわよ、まったくもー！」

「あ、それは……──ッ?!」

説明する間もなく黒い魔力を込めた平手打ちが迫る。問答無用だ?!

パアァァアン！！！！

慌てて受け止めたけど大浴場に衝突音が響いた。今のかなりの威力があったぞ……まともに食らったら吹っ飛ばされていたかもしれない。

「なぁっ!!　あ、あんた、雑竜のくせに私の攻撃を防ぐなんて！　な、な、な、生意気よー！！！！」

怒った美乳さん、さらに魔力を放出して戦闘態勢に入ってしまう。

こうなったら仕方ない。僕も全力で抗《あらが》わせてもらうよ！

■

「は、離せー！　この、雑竜のくせにぃー!!　ムキー!!」

大浴場の壁に両手を押さえつけられた美乳さんが真っ赤な顔で怒っている。魔力を振り絞って何とか拘束から抜け出そうとしているけど、僕も全力で対抗しているので抜け出せないでいる。

裸の僕と可愛らしいピンクのパンツ一枚の美乳さん。他《ほか》に誰《だれ》もいない夜の大浴場で、男に力尽くで押さえ込まれた美少女。

こんなシチュエーションで何も起きないはずがなく……。

まあ、僕が普通の雑竜だったらさっきの一撃で大怪我《けが》を負っていたし、ちょっとくらい仕返ししてもいいよね。うん、問題なし！

「あんた、こんなことして……んんんー？！？！」

うるさい口は閉じちゃおうね。はー。美少女の唇美味《おい》しい。

「んー！　むー！　……ぷはぁ！　わ、私のファーストキスがー!!　なにするのよ、この――ひゃうっ!!」

ファーストキスいただきました。続いて美乳さんの美乳をパクリ。ちゅううう。

「やだ！　乳首吸うなー！　やめてってばー!!」

吸われるのが嫌だというので、もう片方の乳首に唇を寄せてガジガジ。甘噛《あまが》みしちゃう。

「やあぁっ！　やめてってばー！　やだあぁぁぁぁぁぁ!!」

美乳さんの黒い淫紋《いんもん》もとてもセクシー。

ただ、美乳さんから感じられる魔力は僕とほぼ同等。こうして押さえつけることはできているけど、パンツの守りを破れるかと言われると……正直厳しい気がする。

「はなせー！　離しなさいよ、変態ー!!」

ジタバタと暴れる美乳さんはまだまだ元気だ。

「んむ?!　……や、ぁ……んぅぅ！」

もう一度唇を寄せて今度は舌を中に割り込ませる。首を振ってなんとか振りほどこうとする姿にすごく興奮する。

必死に逃げ惑う舌を絡《から》ませ、ぐちゅぐちゅとかき混ぜる。美乳さんの歯が当たっているけど魔力で強化しているので痛みはなかった。

「～～っ!!　はなれ……らめ、ぁぁ……！」

ガチガチに反《そ》り返った肉棒の先でパンツを擦《こす》り上げる。腰が勝手に動いてセックスの動きになっちゃうけど、残念ながら乙女《おとめ》の守りを破れなかった。

仕方ないのでそのまま腰をかかえて股コキの姿勢になる。

「やだぁ……！　やめてぇ……！　はなれてよぉ……！」

涙目の美乳ちゃんが自由になった両手で僕の体を押し返そうとするけど、がっしりと腰を掴《つか》んでいるので離れられない。そんな風に抵抗する姿を見て一気に射精感が込み上げてしまった。

「ごめん、もうイク！　出るよ！」

「え、なにが――きゃあああ!!」

ビュルルルル！！！！

僕が吐き出した精液が美乳さんの体を汚してく。淫紋にもたっぷりかけてあげると一瞬光った気がした。

「はぁ。気持ちいい……」

たっぷりマーキングして満足すると、美乳さんはその場にへたり込んで自分のお腹《なか》を恐る恐る触った。僕の精液がべったりついているね。

「……ぐすっ……」

あ。

「うわああああああああん!!」

美乳さんの目からブワッと涙が溢《あふ》れ出し、そのままお風呂から出て行ってしまう。

可愛かったからついついやりすぎてしまった。でも後悔も反省もしていない。

防御を貫けなかったのは残念だったけどすっきりした気持ちで温泉に入り直す。もちろんちゃんと湯船に入る前にお湯で綺麗にしました。

「アレクくん、いますか?」

「あ、セレスママ! お仕事お疲れ様!」

そのまましばらくまったりしていると、仕事上がりのセレスママがやってきた。幼い体つきに瑞々《みずみず》しい肌でどう見ても幼女にしか見えない。実際は僕よりずっと年上なんだけどね。今日はセレスママの部屋に泊まる日で、一緒にお風呂に入る約束をしていたのだ。

「……アレクくん、エッチなこと、していました?」

セレスママがくんくんと少しだけ鼻を鳴らして真っ白な頬《ほお》を赤く染める。お湯で流したけどまだ臭いが残っていたみたい。

「……ちょっとだけ」

美乳さんに襲われて返り討ちにしていました、とはさすがに言えず言葉を濁す。

「そうですか。……部屋まで我慢できないようなら、ここで少しお世話しちゃいますね♥」

——この後、セレスママにたっぷりとお世話をしてもらいました。とっても気持ちいい夜だったよ。

■

「あ、あんた——うううう！！！」

そして翌朝。食堂の前で黒髪をサイドテールにした美乳さんとバッタリご対面。

ピンクのブラウスに黒いスカートで、前世の〝地雷系ファッション〟を思い出させるような服装をしている。可愛いしよく似合っているけどね。

僕を思い切り睨んでいるけど目元にはクマができていて、昨夜は寝られなかったんだろうなと草臥《くたび》れた雰囲気からわかった。

「——ふん!!」

僕をキッと睨みつけた美乳さんはそのまま踵《きびす》を返すと来た道を戻っていった。僕と一緒の時間に食堂を使うのを避けたんだろうね。今まで寮内で見かけなかったけど、やっぱりこの女子寮の住人みたい。

この女子寮にはいろんな可愛い女の子がいて、本当にワクワクする。僕ももっと鍛えて魔力を上げないと。今日も一日がんばろう！

1 秋の収穫祭

この世界に転生した僕は生まれた村でリナちゃんという美少女に出会い、彼女に連れられて上竜学《じょうりゅうがく》園——強大な力を持った〝貴竜《きりゅう》〟の少年少女が通う学校にやってきた。

正式に入学したのはリナちゃんだけで、僕は従者扱いの〝雑竜《ざつりゅう》〟なんだけど、竜の世界は実力が全て。

同級生のナーシャちゃん、ミラちゃんと決闘をして仲良くなり、楽しい学園生活を送って早数ヶ月。季節は秋になっていた。

秋といえば実りの季節。王国の各地で今年の収穫を持ち寄り祭りを行う季節だ。

「アレク！　次の休みに収穫祭があるんだって！　見に行きましょう！」

もちろんこの学園都市でも収穫祭が行われる。毎年このお祭りを楽しみにしているリナちゃんもウキウキとして嬉《うれ》しそう。

「村のお祭りと比べて都市のお祭りってどんな感じなんだろうね」

こんな大きな都市だからきっと収穫祭もすごいんだろう。村では見たことのないようなご馳走《ちそう》だって用意されているはず。この世界の娯楽はとても発展しているから味も期待できる。今からとっても楽しみだね、リナちゃん！

　そして収穫祭当日。

「――この世界を創《つく》りし偉大なる神々よ。この地に住まう人々を守りし強大なる竜の方々よ」

　女子寮のお姉様たちと一緒に街に出た僕たちは、竜神殿を訪れていた。

「一年の実りとともに竜神様への感謝を捧《ささ》げ――」

「なにこれ？？？」

　どこからやってきたのかわからないけど、学園の前の大通りから竜神殿までぎゅうぎゅう詰めの大混雑。ものすごい人だかりができていた。

　竜神殿前の広場には巨大なステージが設置され、集まった大勢の観客の前で、司教のエマさん――以前お話を聞かせてくれた豪華な衣装を纏《まと》ったお婆さんが、祝詞《のりと》を捧げている。

　ただ、その内容がどう見ても竜神――竜と神、つまり貴竜へのお祈りに聞こえる。

　そしてエマさんがステージで必死に祈りを捧げる光景を、学園の生徒たちが広場の上空から眺めている。貴竜たちは魔力物質を使って空中に椅子《いす》や机、ソファを固定して宙に留《とど》まっているんだ。空を自由に飛ぶことはできないけど、自由に空中に足場を作れるってすごい能力だよね。

「竜神殿の人間たちのいつもの儀式ですの。旦那《だんな》様の住んでいた場所ではなかったんですの？」

「うちの村では見たことないかなぁ……」

　僕はリナちゃんが作った大きめのソファに一緒に座って見ていたけど、隣に席を確保したナーシャちゃんとミラちゃんが儀式について教えてくれた。

収穫祭とは感謝祭であり、この世界の礎《いしずえ》となり実りを与えてくれる神々と、魔獣や外敵から身を守ってくれる貴竜へ人々が感謝を捧げるお祭りらしい。ナーシャちゃんたちが住んでいた北の都（大領主が住む北部最大の街）の竜神殿では、住人たちが集まってこうして儀式をするのが当たり前の光景だったらしい。村じゃ一度もこんな儀式しなかったけど、もしかしてこれが普通なの……？

「この後、広場で出し物があってね～。いろんな人間が出てくるから面白《おもしろ》いよ～」

お祭り開始の儀式が終わった後は集まった貴竜への歓待を兼ねた出し物が始まるみたいだね。

この祭りのために事前に集められた芸人たちがとっておきの舞を踊り、歌曲を奏で、劇を演じる。

僕たちの村でも祭りの時期になると旅芸人がやってきて芸を披露していたけど、元々は貴竜に披露するためのものだったようだ。

そんなこと一言も聞いていないんだけどオッサン？？？

「出し物は見るも見ないも自由だし、お腹《なか》が空いたら竜神殿に料理が用意されているから好きに食べに行くといいよ。今はちょっと混んでいるみたいだけどね」

「街の中でもいろいろイベントをしているからそっちを見に行く子もいるわ。ほら、あの子たちみたいにね。うふふ」

「もちろん興味がなければ帰ってもいい。全部自由」

毎年この祭りに参加しているメロディお姉様たちは思い思いの体勢でくつろぎながら眼下を眺めている。

他《ほか》の貴竜たちだけど、男子の多くは竜神殿に向かっているね。今日のために用意した珍しいご馳走などが用意されているらしい。僕も食べたいから後で絶対行こう。

広場から離れて街に向かう貴竜もいて、中には男女ペアの姿もある。あれは七年生で卒業間近の人だね。どうやらお祭りデートをするみたい。

他にもちょっと離れたところに席を作ってこっちの様子を窺《うかが》っている男子の先輩がいたり（僕を睨《にら》みつけてくる目が怖い）、そもそも最初から不参加で寮で寝ている人がいたり、思い思いに過ごしている。なんとも自由奔放で竜らしい。

……そういえば、レオナルドくんとか一年の男子の姿がないけど、外出許可が貰《もら》えていないからお祭りに参加できないのかな。

「どうしたの？　リナちゃん」

「……ん」

しばらく上空から出し物を楽しんでいたんだけど、なんだかリナちゃんが不満そうな顔をしていた。

僕の目から見ても非常に洗練されて上手《じょうず》な人たちばかりで楽しかったけど、リナちゃんは違ったのかな？

「……アレクの歌が聞きたい」

「え？」

僕の歌？

「収穫祭の時、いつもアレクが歌っていたじゃない。あの歌が聞きたいわ」

「あー。まあ、確かに弾いたり歌ったりしていたけど……さすがにここじゃあ、ね？」

リナちゃんが言うように村のお祭りの時とかに、みんなの前で前世の曲を歌ったことがある。最初は手拍子とアカペラしかなかったけど、リナちゃんが村長におねだりしてリュートを買ってもらい、旅芸人から弾き方を習ってそれなりに形になった。リュートとギターって似てるよね。頑張って日本の曲を再現しました。

まあそんなわけで弾けることは弾けるけど、所詮《しょせん》は素人芸。目の前のプロの方々――しかも国内第二の都市である学園都市で、貴竜たちの目の前で曲を奏でることを許された超一流の人たちとはレベルが違う。

さすがにこんな大舞台で披露するのは恥ずかしすぎる。

「え！　旦那様の歌ですの⁈　わたくしも聞きたいですの！」

「アレクくんの歌～、わたしも気になるな～」

けど、リナちゃんの言葉にナーシャちゃんとミラちゃんも続き、それを聞いた周りのお姉様まで乗り気になってしまった。

「……わかったよ。でも、せめてここじゃなくて寮にしてくれない？」

せめてもの抵抗として、僕はこの大観衆の前ではなく、女子寮のホールで演奏することにした。

リュートの弦を弾《はじ》く。僕が村で使っていたものとは音の伸びが違う。学園から借りたものだけどやはり質がいい。

ホールに集まった観客の好奇の視線に負けないように、ゆっくりと心を整えて音と同調していく。

今日は収穫祭。一年の実りを祝い、季節の巡りを感謝するハレの日。懐かしい旋律が聞こえる。喜びの声が聞こえる。

さあ、歌おう。

僕の思いの全てを込めた、命の歌を歌いあげよう。

□

少年が楽器を奏でる手は拙《つたな》く、紡《つむ》がれる曲も基本的な技法しか使われていない。広場に集まった吟遊詩人たちと比べればはっきりと見劣りするものだった。

弾いている曲も多くの楽曲を耳にしてきた貴竜の女子たちでも聞いたことのない斬新な曲だったが、それも少年の技量が追いついていないが故にその魅力を発揮しきれていなかった。

けれど。

少年の歌声には、偽りのない真実の気持ちが溢《あふ》れていた。

この世界への感謝。

生きることの素晴らしさ。

たくさんの人に出会えたことの喜び。

季節が廻《めぐ》り、一年を無事に過ごせたことを祝い、次の一年への希望に溢れ。

世界の全てを、生きとし生ける全ての生命を祝福する命の歌。

――一度死んで、全てを失った少年だからこそ。二度目の生に感謝し、その喜びは限りなく。

少年の歌は聞く者の心に染み渡り、揺さぶる。生きることの素晴らしさを思い出させてくれる〝魂の歌〟。

本当に大事なのは技量ではなく、曲の斬新さでもなく。

歌う者の心なのだと思い出させてくれる少年の歌声に、ホールに集まった聴衆たちは魅了された。

街が多くの人々で賑《にぎ》わいお祭り騒ぎを楽しむなか、リュートの音色と少年の歌声に少女たちは耳を傾けるのだった。


「な、なんなのこの歌……こんな歌、今まで聞いたことないわ……」


そんな聴衆の中に激しく心を揺さぶられる少女が一人。芸術を愛し、芸術に愛され、今までの人生を全て芸術に捧げてきた少女だった。

そんな感受性の強い彼女だからこそ、拙いアレクの演奏に秘められた音楽の力に、何十億という人間が数千年かけて磨いてきた歌の力に気がついた。

そして、その歌に込められた少年の想《おも》いを感じ取ることができた。

人々の輝きを、命の煌《きら》めきを、まるで宝石のような一瞬を愛する竜の少女は、この瞬間アレクの歌声に魅了されてしまったのだった。

2 自由騎士ギルドの依頼

「おはよう、アレクくん。いい朝ね」

「レオノールお姉様。おはよう」

金髪のツインテールの清楚《せいそ》なお姉様が声をかけてきた。なぜか朝っぱらからオフショルダーの白い豪華なドレスを着ている。ぱっと見はウェディングドレスみたいだ。

レオノールお姉様とは今まであまり話をしたことがなかったけど、いつもこんな格好していたっけ？

「あ、あの。アレクくん」

「うん？　どうしたの？」

「もしよかったら、今度の休日に一緒に街に行かない？　アレクくんに紹介したい人がいるの」

「え？？？」

真っ白な肌をほんのりと赤く染めてレオノールお姉様がそう言った。

あれ？　これってデートの誘い？　違う？　紹介したい人って一体どういうこと……？

「い、いきなりごめんなさい！　でも、絶対にアレクくんのためになると思うの！　絶対に後悔させないから、私に付き合って！　おねがい！」

よくわからないけど、レオノールお姉様の押しが強い……っ！！！

――というわけで、結局レオノールお姉様の誘いに乗ることになりました。

リナちゃんやナーシャちゃんには最初反対されたんだけど、レオノールお姉様が根気よく説得して最後は仲良くなっていたし。なんか意気投合したみたい。女の子って不思議だね。

■

「ルウちゃん。そっちもギルドかしら？」

レオノールお姉様と約束していた休日。リナちゃんたちも同行してみんなで寮を出ようとしたところで声をかけられた。

「お、レオノールたちも出かけるのか」

声をかけてきたのはレオノールお姉様の同級生のルウ師匠。野性的な鋭い赤い瞳に、腰まである朱金のロングストレートが綺麗《きれい》な迫力のある美人。スタイルもすごくいい。僕はこっそり〝スケ番お姉様〟と呼んでいるんだけど、実際喧嘩《けんか》がめちゃくちゃ強くて、まだ六年生なのに上級生でも敵《かな》う相手がいない〝学園最強〟の雌貴竜《きりゅう》だ。

そしてドラジャンというゲームが好きで僕の師匠であり、ファッションセンスが独特でいつも赤いジャージみたいな格好をしているちょっと残念な一面もある。動きやすい格好が好きなんだろうね。

「ああ。こいつが最近たるんでいるみたいだからな。良さそうな依頼がないか見に行くんだ」

「ルー姉はなして～……ゲッ！　あんたは！」

「あ、エミリーちゃんだ」

ルウ師匠の後ろに引きずられていたのはなんとあの黒髪サイドテールの美乳さん――僕の二学年上、三年生のエミリーちゃんだった。セレスママに聞いたら教えてもらえた。

「アレクと力比べして負けたんだろ？　こいつの方が年上だってのに情けねえ」

「まあ、アレクくんに？」

「負けてない！　互角だったもん！　あいつには負けてないからルー姉！」

「うるせえ!!　年下の雑竜《ざつりゅう》相手に互角なんて実質お前の負けだバカ!!」

基本的に貴竜は生まれつき雑竜の数倍、数十倍の魔力を持っていて、さらに貴竜の女は男よりも強い。それが当たり前だ。

だから貴竜の女子エミリーちゃんが雑竜の僕と魔力勝負で互角だったのを、実質エミリーちゃんの負けだってルウ師匠が言っているわけだ。

「しかも今までの討伐依頼も取り巻き連中に任せきり、〝天駆《てんく》〟もまだ！　どんだけサボってたんだお前は！」

「うう～、だって、だって～！」

なんかいろいろと問題児っぽいなぁ……。

ちなみに〝天駆〟は飛ぶように移動する移動方法だ。収穫祭の時のように魔力物質で空中に床を作り歩いて移動するのを〝空歩〟。

脚に込めた魔力と床になっている魔力物質の魔力を反発させて高速移動を行うのが〝天駆〟になる。当然制御難易度も非常に高い。

「アタシがもう一度鍛え直してやる！　オラ！　さっさとついてきやがれ！」

「うわ～ん！！！」

ルウ師匠に引きずられながらエミリーちゃんが去っていった。なんだか嵐みたいな一行だったね……。

「それではギルドに向かうわね。車を用意してるからそれに乗ってちょうだい」

ルウ師匠たちと別れた後、レオノールお姉様がチャーターしていた雑竜車にみんなで乗り込んだ。

雑竜車は簡単に言うと馬車の馬の代わりに雑竜の人が引く車のことで、魔物車と並んでこの街ではよく見かけるありふれた乗り物だ。街中をタクシーみたいに流していたり、バスのように決まった時間に定期ルートを走っていたり、そして僕たちみたいなチャーター便もある。

貴竜の男子は雑竜車を使わないで自分で空を移動することが多いらしいけど、女子はこうやって車に乗ってのんびりと街中を移動する人も多いらしい。

毎回メロディお姉様に連れられて空を飛んでいたから知らなかったけど、車の内装も綺麗だしおしゃべりを楽しみながら移動するっていうのも悪くないね。

レオノールお姉様の最近の流行についての話を聞いているうちに車は自由騎士ギルドに到着した。

「それじゃあ中に入りましょう。こっちよ」

「ふーん……こんな風になっているのね」

「こっちから入るの初めてですわ」

「へ〜、車がいっぱい駐《と》まってるんだね〜」

僕たちが案内されたのは大通りの反対側、裏側になる貴賓用の出入り口だった。車を駐車するスペースも広いし、しっかりとした身なりの雑竜の警備員が出入り口に立っていて、きびきびとした様子でドアを開けてくれる。

「表玄関は一般のギルド員が出入りするでしょ？　向こうは混雑するから私はいつもこっちから入るの」

この裏口は金級以上のギルド員か、ギルドに大口の依頼をする上流階級の依頼者しか利用できないＶＩＰ専用通路だったらしい。僕だけだったら利用できないってことだ。

でも休日の朝とか依頼の取り合いで混み合いそうだし、貴竜の生徒はこっちを使った方が余計なトラブルとかなくていいのかもしれないね。住み分けってやつだ。

「お待ちしておりました、レオノール様。こちらへどうぞ」

「ありがとう」

堂々とした所作でレオノールお姉様が先頭を進み、ギルド員の女性に案内されて一室に通された。

（パーティ会場？　お茶の準備がされているけど、なんだか高級そうな部屋だね）

ヨーロッパの貴族の屋敷みたいな、ギルドの一室とは思えない豪華な内装。広々とした部屋の中は壁や天井にもしっかりと装飾が施され、足元の絨毯《じゅうたん》は毛足の長いふかふかのもの。椅子《いす》やテーブル、カーテンも細かい刺繍《ししゅう》やレースが使われている。

日当たりのいい窓辺のテーブルの上にはティーセットにお菓子もあって、まるで映画のワンシーンを切り取ったような光景だった。

(間違いなく女子寮の部屋よりお金かかってる……)

学園の校舎や寮はいつ生徒に破壊されるか分からないからあまりお金をかけない造りになっている。当然家具もそこそこのもので、こんなお金のかかった部屋に入るのは生まれて初めてだ。

「さあ、席へどうぞ。アレクくんはこのお茶が好きなのよね」

「あ、どうも……」

ホストのレオノールお姉様がさっそくお茶を入れてくれるけど、確かに僕の好きなお茶だ。チョコレートの香りがするショコラという葉なんだけど、なんで知っているんだろう。角砂糖も二つ、ミルクはなし。いつもの僕の飲み方だ。なんで知っているんだろう……ホストだから？　招待する相手の好みは押さえておくんだっけ？

「それじゃあ呼ぶわね」

「うん」

しばらくお茶とお菓子を味わいながら——お菓子もすごく美味《おい》しかった——取り留めのない話をした後、ついにレオノールお姉様が本題を切り出した。

レオノールお姉様が合図を送ると、部屋の入り口からぞろぞろと大勢の人たちが入ってくる。みん

な身なりが良く、荒事とは無縁そうな線の細い人たちだ。

「彼らが今日お手伝いをしてくれる人たちよ。思う存分使ってちょうだい」

レオノールお姉様のお話。それは収穫祭の時に僕が演奏した曲を一緒にリメイクしたいという内容だった。

あの演奏で聞いた曲をレオノールお姉様はとても気に入ったらしい。けど伝手《つて》を使って僕が歌った曲を探してみたけれど見つからなかった。そこで僕に曲の使用許可を求め、更にプロの音楽家を集めてもっと素晴らしい曲に仕上げたいと言ってきたんだ。

「アレクくんの歌を聞いた時に私の全身に電流が走ったような気がしたの。今まで私が聞いていた音楽は確かに技巧も素晴らしくこれまでの音楽の歴史が詰まった名曲、大作だったことに違いはないわ。けれどアレクくんの演奏した曲はそうした既存の曲に囚《とら》われない自由な発想と何よりもアレクくん本人の情感の籠った歌声があってこその――」

急に早口になるじゃん、レオノールお姉様。

うん。僕も日本で好きだった曲を歌ったから、それをレオノールお姉様が気に入ってくれたというのは正直嬉《うれ》しい。あの名曲・神曲の数々を再現するには僕一人じゃとてもじゃないけど不可能だし、プロの音楽家の人たちの力を借りられるのは嬉しい。

(でも、自分が作ったわけじゃない曲のことでここまで褒められると、ものすごく居心地が……悪い！！！)

ある意味、知識チートと言えばそうなんだけど。それでも自分が作りましたなんて厚顔無恥な振る舞いをするのは恥ずかしすぎる。そのうちこっそり訂正しておこう。

(夢の中で聞いた曲を弾いているだけですとか……いや、どう考えてもただの天才作曲家にしか聞こえない。たしかクラシックの作曲家でそんな感じの人いたよね……)

僕が演奏した曲がどれほど素晴らしかったか、歌に感動したかを語り続けるレオノールお姉様の姿を見て、どうやって誤解(?)を解こうか考えるけど、いい方法が思い浮かばなかった。

「そうでしょう、アレクの歌はすごいのよ!」

「わたくしも感動しました! 旦那《だんな》様の曲をぜひ王国中に広げるべきですの!」

リナちゃんとナーシャちゃんはなぜかレオノールお姉様に意気投合。一緒に王国中に曲を広げようと言い出し非常に乗り気だし。いや、あの名曲がこの世界でも聞かれるようになるというなら僕も悪い気はしないんだけどね。大好きな曲が世界の壁を越えて褒められていることが一ファンとしてとても嬉しい。

「アレクくん、どうするの~?」

「……とりあえず音楽家の人たちと一緒に再現するところまでやってみてから考えるよ」

「再現~?」

ミラちゃんが不思議そうな顔をするけど、僕がやっているのは作曲じゃなくてただの再現なので……でもこの世界でも聞きたいから仕方ないよね。

プロの人たちの手であの名曲たちが蘇《よみがえ》ると思うとワクワクしちゃうんだ。

■

そういうわけで、レオノールお姉様が支援しているという音楽家さんたちと一緒に前世の曲の再現を目指すことにした。

「おおー。いろんな楽器があるんだ」

「うふふ。この前の収穫祭で演奏していた人もいるのよ」

「え。それってこの学園都市でトップレベルってことでは……」

僕が演奏したリュートの名手だけでなく、打楽器、金管楽器、木管楽器などのプロが部屋に入ってくる。前世で見た楽器にそっくりな楽器もあれば、どうやって演奏するのか全然想像がつかない変な楽器なんかもあって、ものすごい数の楽器と演奏家が集まっていた。

（なんかこのままオーケストラとか開けそう）

竜退治するゲームのオープニングなら聞いたことあるけど、オーケストラバージョンもいいよね。

まあ今の僕は竜なんだけど。それはともかく。

「まずは主旋律かな？　メロディラインを決めてから肉付けした方がいいよね？」

「そうね。最初はリュートからにしましょう」

自分で弾いていたこともあって、まずはリュートを主旋律に決めてしまう。

僕では弾けなかった難しい箇所や、知らなかったテクニックも教えてもらいながらどんどん前世のイメージに近づけていくと、最初に僕が演奏した曲とはまるで別物の曲が完成した。

「プロってすごい……」

「アレクくん、まだ他《ほか》の楽器もあるわよ」

「あ……じゃあ、次は打楽器、リズム隊を……」

ドラムの人を呼んで試しに演奏してもらったけど、最初から上手《うま》い。

どうやら僕たちがリュートで作曲している様子を見ながら、自分ならリュートに合わせてどういう演奏をするかと一緒に考えていたようだ。そうだよね。ただボサッと見ているわけがないよね、プロだもの。

「これが竜と共存する世界の人間かぁ……やっぱり上に立つ人ってすごいな……」

前世の世界もこの世界も、トップになる人間ってすごい人ばかりだ。


これなら大丈夫だと思い、収穫祭で歌った曲を教えて彼らにまず任せてみることにした。それである程度出来上がったところで聞かせてもらい、何か気になる箇所があれば修正という方針でいく。

音楽家たちが一旦部屋から出て行き、グループごとに分かれて各部屋で編曲している間に、レオノールお姉様とお茶を楽しむ。

「魔道具の魔力補給？　そんな仕事があるの？」

「ええ。私がギルドでする仕事は主にそれね。光属性の魔道具は都市では需要が大きいから仕事がなくなることはないわ」

この世界には〝魔道具〟が存在している。魔力で動く道具だ。

素材として使われているのは属性魔力を宿す一部の鉱石や植物、魔物など。滅多に討伐されないが真竜《しんりゅう》の素材もそうだ。

真竜の素材を使った魔道具は他とは比べ物にならないほど高性能で貴重な魔道具になるらしい。貴竜家の家宝とか国宝になるようなレベルの話だね。

真竜の魔道具は別格だけど、普通の魔物素材の魔道具でもけっこういい値段がするので一般の家庭には普及していない。学園の寮や富裕層の屋敷には設置されていて、部屋の照明や厨房《ちゅうぼう》の器具なんかがそう。

そんな高価で便利な魔道具だけど、使い続ければ当然魔力が減っていく。魔力が枯渇すると動かなくなる。動かなくなった魔道具に魔力をチャージするのが〝魔力補給〟だ。バッテリーが切れた家電を充電するのと同じだね。

ここで注意しないといけないのが、〝素材と同じ属性魔力〟を流すことと〝前の魔力が抜けてからチャージすること〟の二点。

「例えばこの照明の魔道具。これには光属性の鉱石が使われているんだけど、元の魔力が残ったままだと私の魔力と反発するし、光属性以外の属性魔力だとチャージできずにやっぱり反発するの」

レオノールお姉様が僕たちの目の前で照明の魔道具に魔力を補充していく。こういう鉱石や植物由来の魔道具は効果が低いけど数が用意しやすいらしい。富裕層の屋敷の照明として使われるので需要は尽きないそうだ。

「もし興味があるならアレクくんたちも魔力補給をやってみたらどうかしら？」

「僕も？　でも僕、無属性だよ？」

火を起こしたり、水を湧き出させたり、魔道具は全て属性がある。無属性の魔道具なんて存在しないはずなんだ。

「実は、無属性の魔力だけはどの属性の魔道具にも魔力を補給できるの。ほら、いつでも必ず必要な属性の魔力を持った貴竜がいるとは限らないでしょう？」

「……言われてみれば、確かにそうだね」

例えば、氷属性みたいな希少属性の魔道具の場合、氷属性の貴竜が常にいて魔力を補給できるとは限らない。むしろ氷属性の貴竜がいないことの方が多いに決まっている。

他の魔道具も同じ。魔力切れになった時に都合よく魔力の補給ができる貴竜がいるなんて都合のいい話はそうそう転がっていない。

そういう時に呼ばれるのが雑竜。雑竜の無属性の魔力は魔力反発を起こさないのでどんな素材の魔道具にもチャージできるし、他人の魔力ともよく馴染《なじ》む。だから魔力補給の仕事は雑竜が行っていることが多いんだって。

「もしかして、女子寮の魔道具とかも雑竜の人たちが魔力を補給しているの？」

「私は詳しく知らないけど、もしかしたらそうかもしれないわね」

女子寮に多くの魔道具が設置されているのは知っていたけど、魔道具が大量にあれば魔力も必要になる。それを補うための人員が雑竜だったわけだ。

(貴竜がトップに君臨しているけど、実際にこの国を動かしている歯車は雑竜なのかもしれないね)

最大戦力であり真竜などの脅威から王国を守るために絶対に必要な存在が貴竜だ。だけど、その下で兵士、輸送、治安維持、動力など様々な場面を雑竜たちが支え、そして竜たちが生活を営むための物資を普通の人々が生産するというわけだ。なるほどね。

「でも、雑竜は魔力が少ないから、結局照明の魔道具に関しては私の担当になるってわけね」

雑竜たち数十人分から数百人分の魔力を込められる貴竜にまず魔力補給の依頼が届き、貴竜がいない場合の予備として雑竜が呼ばれる。ギルドの仕事はこんな感じみたい。

というわけで、僕たちもレオノールお姉様に教えてもらいながら魔力補給の仕事をしてみた。

「意外と暇ね」

「そうだね。まだおしゃべり相手がいるからいいけど、これが一人だったら辛《つら》いね」

「あ～、わたしの分の魔道具なくなっちゃった～」

「先ほどの楽師たちを呼んでみたらいいんじゃないんですの？」

ギルドの人が一つ一つ魔道具を持ってくるので、椅子に腰かけながら魔道具に触れて魔力を補充していくんだけどリナちゃんたちはそうそうに飽きがきたみたい。

僕はいろんな魔道具を見ることができて意外と楽しいんだけどね。前世で見た機械に似たような魔道具とかもチラホラ混ざっていて、もしかしたらこっちの世界でも再現できるかもしれない。作った魔道具を動かすのも僕が魔力を供給すればいいし。あとでレオノールお姉様に魔道具のことを聞いてみようかな？

それはさておき、リナちゃんたちが暇そうなので魔力補給しながらできることを考える。

「んー、じゃあさ。僕が歌を教えるからみんなも歌ってみない？」

「私たちが歌うの?!」

さっきの音楽家さんたちを呼ぼうという話になったので、それならばと今度はリナちゃんたちに歌ってくれるように頼んでみた。ずっと僕ばっかり歌っているのも不公平じゃない？　是非みんなにも歌ってほしいよね！

「あ、それならわたしね〜。楽しい曲がいいな〜。聞いててワクワクしてくるの〜」

「よし、じゃあ一番手はミラちゃんだね！　任せて！」

他のみんなが尻込みしている中でミラちゃんが真っ先に名乗り出てくれた。よし、この流れなら他のみんなも歌ってくれるぞ。

「リナちゃんも、村で一緒に歌った曲があったでしょ？　あれを歌ってるの聞きたいな」

「ううん……まあ、アレクがそこまで言うなら……」

「ナーシャちゃん、ナーシャちゃんの綺麗な声で歌ったらきっと素敵だと思うんだ。お願いだから僕に聞かせて？」

「……人前で歌うなんて恥ずかしいですの。でも、旦那様と一緒なら……」

みんなにお願いして歌を歌う。もちろんレオノールお姉様にも歌ってくれるように頼んだけど、キラキラした瞳《ひとみ》で二つ返事で了承してくれた。

ミラちゃんの歌う元気の出る明るい曲、リナちゃんの歌う初々《ういうい》しいラブソング、ナーシャちゃんの歌う美しいけどどこかもの悲しいバラード。

（懐かしいなぁ）

友達と一緒にカラオケに行って、いろんな歌を歌ったことを思い出す。

この曲を聞いていたあの頃《ころ》に僕の心が戻っていく。父さん、母さん、兄さん。学校の友達やクラブの仲間たち。彼らは僕が死んだ後どうなったんだろう。

突然交通事故で亡くなってしまった僕の死を、あの人たちは悲しんでくれただろうか。

できれば悲しんでほしい。泣いてほしい。僕との別れを惜しんで、僕のことを覚えていてほしい。そして、その悲しみを乗り越えて、また新しい日常へ戻っていってほしい。

僕はこちらの世界で楽しい毎日を送っているよ、明日を夢見て元気に過ごしているよ。だから安心して。みんなも楽しい人生を送ってほしいな。

「レオノールお姉様、今日はありがとうございました」

「こちらこそありがとう。とても楽しかったわ。良ければまた一緒に遊んでちょうだいね」

とても楽しかったけれど、ほんの少しだけ懐かしくて、しんみりした時間も終わり。

今日教えた曲を完成させたらまた次の曲を作ろうと約束して、解散になった。

まあ同じ寮だし、ご飯もお風呂も一緒だったんだけどね。レオノールお姉様は清楚に見えて脱ぐとなかなか……腰のくびれがエッチでした。ありがとうございます。

久しぶりに日本の歌を思い切り歌えたし、魔力の補給でお金もたっぷり貰《もら》えたし、とってもいい休日だったね。

あ、お風呂でルウ師匠と出会ったけどエミリーちゃんはいなかった。今日はどうしていたのか聞いたんだけど、森で修行していたらたまたま〝属性魔力を持った魔物〟に遭遇して二人で狩ってきたらしい。

属性魔力持ちの魔物はいうならば〝魔物版の貴竜〟だ。普通の魔物は無属性の魔力を持っているけどその上位互換。魔力の強さも危険性も跳ね上がり、強い魔物だったら大人《おとな》の貴竜だって殺される。

「アタシたちが出会った魔物は黒っぽい大柄の猫みたいな魔物でな。実際に先に森に入っていた男子が一人と同行していた雑竜がやられていたぜ」

「やられていたって――死んだの?!」

「いや、助けた時はまだ息はあったな。ただ麻痺《まひ》したみたいに身動き一つできない状態で地面に転がっていた。アタシらが来るのがもう少し遅かったら死んでただろうな」

なにそれ怖い。

雑竜どころか貴竜すら麻痺させるって一体何をしたんだ、その魔物は……。

「ルウちゃん、素材は確保できたの?」

「いや。抑えられなくて焼いちまった。ほとんど黒焦げだよ」

「そう……残念だわ。いい素材になりそうだったのに」

ルウ師匠の属性はそういうのに向いてないから仕方ないけど、凶悪な属性魔力を持っている魔物が素材扱いか。

まあ、今日魔力補給していた魔道具にも属性魔力持ちの魔物の素材が使われているものがあったし、どんな属性だったのか気になるからもったいないという気持ちも少しはわかる。

で、そんな凶悪な魔物を討伐したのはいいけれど、もしかしたら繁殖して子供が生まれている可能性もあるので引き続き調査中らしい。エミリーちゃんが。

「後で飯と外套《がいとう》くらいは持って行ってやるけどな。今頃一人でピーピー泣いてるかもしれねえな」

調査は数日かける予定らしい。エミリーちゃん、強く生きてね。合掌《がっしょう》。

□

「アレクくん、お仕事お疲れ様でした」

「うん。ママ、今日は僕一生懸命頑張ったよ……」

アレクが音楽家たちとたくさんの曲を編曲し、魔道具に大量の魔力を補給し、働き通しの一日だった、その夜。

セレスは可愛《かわい》い坊やにいつものようにミルクを与えていた。

生命属性の魔力が乳首から溢れ出し、アレクの口の中に消えていく。普段ならすぐにそのままチンポがビンビンにそそり立つのだが、今日はそうならない。

「本当に疲れているみたいですね」

ちゅうちゅうと吸われるセレスのミルク——生命属性の魔力がアレクの体内に吸収されていく。

貴竜並みの魔力を生成することが可能なアレクだが、生まれが雑竜であるという事実は変わらない。雑竜の魔力生成能力は貴竜の数十分の一から数百分の一程度。

アレクがそんなに大量の魔力を生み出せるのがおかしいのだ。

もちろん、アレクが魔力を使って自分の内臓機能を強化し、大量の食料を消化吸収して魔力を生み出していることに不正《チート》は存在しない。

転生チートで一人だけ魔力量が増えているとかそんなこともない。他の雑竜だろうと貴竜だろうと、同じように内臓機能を強化して大量の食事を取れば魔力量は増大する。

だが、それは身体強化によって本来出力以上の魔力を生み出している——内臓に負担をかけているということに他ならない。

短時間なら無理をしてもなんとかなるだろう。だが、これが長期間にわたれば徐々に疲労が蓄積していく。いつか限界に達し破綻してもおかしくなかった。

竜の体は丈夫で病気知らずと言うが限界は存在する。特に魔力を生み出す器官に不調が生じた場合は重病になりやすい。

何も知らないアレクが行っていた魔力増大法は、この世界の誰《だれ》も思いつかなかった画期的な方法だったが、ハイリスクハイリターンな体を壊す危険性の高い方法だった。

「ママのミルク美味しい……ちゅぱちゅぱ」

「ふふふ。お仕事でいっぱい魔力を使ったんですね。お腹《なか》いっぱい飲んでいいんですよ」

だが、そんな無理な増大法で疲弊していた体にセレスのミルクが染み渡っていく。

アレク自身も気がつかない微《かす》かな不調が癒され、超回復を起こすように以前よりも強靭《きょうじん》になる魔力器官。二十四時間たゆまず働き続け、さらに多くの魔力を生み出せるように常に進化を果たしていく。

雑竜の魔力器官は貴竜の魔力器官に比べて質が悪い。

食事の量はさして変わらないのに生み出される魔力の量に大きな差があるのだから、雑竜の魔力器官の貧弱さがわかる。

そんな雑竜の魔力器官が――アレクの貧弱な魔力器官が何年も続く魔力強化による鍛錬と、学園入学後の豊富な栄養満点の食事と、そしてセレスの癒しのミルクによって生まれ変わっていく。

アレクは徐々に雑竜の皮を被《かぶ》ったナニカに変じていたのだが、その事実にアレク本人もセレスも気がついていなかった。

「あ……元気になりましたね♥」

セレスのミルクで体内の不調が全て癒された後、溢れた生命魔力がアレクの股間に集まり生殖活動を開始させる。

ビクンビクンとそそり立った肉棒から今にも子種が噴き出しそうだった。

「ママ……ちゅっ」

「ん……キスしながらナデナデしてほしいんですか？」

体は大きくなっても甘えん坊なところは変わらず。おっぱいもキスも大好きな坊やをセレスママは優しく受け入れる。

「ううん……今日は……」

ベッドの上に腰かけてミルクを与えていたセレスママの前に、アレクが膝立《ひざ》ちになる。

セレスの顔の前に硬く大きな男根がそそり立っていた。

「ママのお口で気持ちよくなりたいな」

「く、口で、ですか……」

先走りをダラダラ溢れさせる雄の肉棒。いつも手で擦《さす》っていたが、今日は口でしてほしいと坊やがおねだりをする。

「ママ……あっ！　ママ、気持ちいいよママぁ!!」

「んぶっ！　むぐ……っつ!!」

じゅぷぷっ！

腰を前に突き出し、肉杭《くい》をセレスの小さな口に突き刺してしまう。

幼い容姿で成長が止まってしまったセレスの体に、アレクの凶悪なペニスが飲み込まれていく。

「はあ、ママのお口気持ちいい！　腰が止まらないよ！」

「っ！　……っ！　……ぅむっ！」

じゅぷじゅぷじゅぷっ！

長く太いペニスが喉の奥まで届き、呼吸ができない苦しさをセレスママに感じさせる。

「ママ、ママ――出る！　出すよママっ!!」

そのまましばらく夢中で腰を動かしていたアレクが動きを止めた。

びゅるるるるっ！！！　ドプドプッ！！！

「ンン――ッ♥　ン――!!♥♥♥」

アレクが一方的に快感を得るための射精。セレスの喉の奥に熱い塊が何度も何度も叩《たた》きつけられる。

だが苦しいはずのセレスの脳内は幸福感と快感に占められていた。

「んむうぅ………♥♥♥」

ビクンビクンと全身を震わせて腹部の白い淫紋《いんもん》が何度も輝く。穢《けが》れを知らない純白のパンツの下は溢れた愛液でドロドロのぐちゃぐちゃ。早く母になりたいと子宮が泣いていた。

「ありがとうママ。ママのお口気持ちいいよぉ……もう一回出すね」

「んっ！♥　んぶ、んむっ！♥　ふぐぅっ！♥」

セレスママは坊やにチンポを突っ込まれてお口オナホとして使われながら、愛する坊やを気持ちよくさせてあげられたママとしての幸せと、雄に蹂躙《じゅうりん》されて性処理の道具として使われる雌の幸せを同時に味わうのだった。

「～～～～っ！♥♥♥」

こうして二人の夜は更《ふ》けていった。

□

「うふ……うふふ……。今日はアレクくんと一日中一緒……うふふ……夢みたいだわ……」

レオノールの部屋。一人になったレオノールはベッドに倒れ込むと枕に顔をうずめて妖《あや》しく笑み崩れていた。

レオノールが支援している数々の芸術家たちの作品の中から特にお気に入りのものを揃《そろ》えたレオノールの部屋の中は、まさに王侯貴族の私室といった華やかさだった。ベッドの上でくねくねと身をよじらせるレオノールを除いて。

「はぁはぁ……やっぱりアレクくんの歌は最高だったわ……。いえ、もうアレクくんの存在そのものが至高……あの魂の輝きは——」

ブツブツと他の誰にも理解されない言葉を紡《つむ》いで、時々思い出したように笑みを浮かべ。

はっきり言って気持ち悪い。それが傍《はた》から見た今のレオノールの姿だった。

「はぁ……アレクくん、この髪型気に入ってくれたかしら？　この服装もあの子たちのデザイナーを借りて似たような服を作らせたと……やっぱり〝制服〟の方が良かった？　でもさすがにそれだと私が真似《まね》していると思われてしまうだろうし、このドレスならギリギリ言い訳が……」

アレクと仲のいいリナの髪型を真似て、アレクがメロディたちの専属デザイナーたちに作らせたウェディングドレスのデザインを伝手を使って入手し、精一杯着飾った勝負服。

少しでもアレクに近づきたい、仲良くなりたいという思いの顕《あらわ》れだが。

「アレクくん……アレクくん……。まだ魔力量が足りないけど、一年生だし……きっとこれから成長するわ……。はあ、アレクくん……アレクくん……」

アレクの歌を聞かせた結果、恐るべき熱狂的なファンが誕生したことを、アレクはまだ知らずにいたのだった。

3 双玉の入学式

学校で授業を受けたり、鍛錬したり、街を探索したり、ギルドでお仕事を受けたりしながら、気がつけばもう春。リナちゃんたちとのイチャイチャ生活もいつの間にか一年経《た》っていたらしい。

そういえば前世のような長期休暇（夏休みや冬休み）がなかったなと思ったけど、この学校はそもそも長期休暇が存在しないみたい。基本的に入学した生徒は卒業するまで学校で暮らし一年中授業を受け、何か用事があったら学校に申請して休みを取得するというシステムらしい。

てっきり年に一度くらいは家族の顔を見に帰るのかと思ったけど、そんなこともないらしい。ホームシックとかにもならない。

家族は大切にするし会えたら嬉《うれ》しいけど、会えなくて寂しいとかいう感覚は薄い。家族と離れて何年も寮生活なんて普通なら騒ぐ生徒が出てくるだろうけど、そんな生徒は一人もいない。むしろ親元を離れてのびのびしているんじゃないかな。

一人立ちするには早すぎると思うけど、生物としての強大さがそうするのか、個として完成されている気がする。僕もホームシックを感じたことはないけど、これは元からそういう性格だったのか、この体に転生して精神年齢が高くなったのか、それとも雑竜《ざつりゅう》に流れる竜の血の影響なのかはよくわからない。

そんなわけで年中無休の学園生活。ずっと平常運転で授業が続く。

休んでいる間の勉強の遅れとかどうするのかと思ったけど、頼めば先生が個人的指導で教えてくれるし、そもそも真面目《まじめ》に勉強をしている生徒なら簡単に学校を休まないとブーノ先生に言われた。そりゃそうだ。

あと低学年は必修科目ばかりだったけど、学年が上がっていくにつれて選択式の授業が増えていくようになる。大学とかと同じで自分で受ける授業を決めるんだ。

領主を目指して領地経営の勉強する人、騎士を目指してひたすら戦闘の腕を磨く人、自由騎士として生きていくからギルドで依頼を受ける人。実家の脛《すね》をかじるからと勉強をしないで遊んで歩く人。それぞれの将来設計があるのだから学校からは最低限の口出ししかしない方針だ。

僕は将来どこかの領地を手に入れてお嫁さんたちと仲良く暮らしたいなと思っているので、当然領地経営の勉強とかもしないといけない。だから領地経営に興味ないリナちゃんには悪いけどお願いして一緒に授業に出てもらうか、ナーシャちゃんにくっついて授業を受ける予定だ。

他《ほか》にも当然だけど戦闘力がなければ話にならないので、戦闘訓練も続けている。魔力も入学した時と比べるとこの一年で何倍にも伸びた。学園入学から卒業までの間は貴竜《きりゅう》の魔力が伸びやすい成長期に入るらしく、たぶん雑竜の僕も同じように成長期に入っているんだと思う。

「ミラちゃんが天駆を覚えそうなんだよねー……。僕もうかうかしていられないな」

ただ、魔力の伸びは順調だけど、それ以外の強みを作るのに苦労している。

魔力を固めた足場で飛び回る練習をしていたミラちゃんは、もう大分使いこなせるようになっている。この前投げ飛ばした時も空中を蹴って抜け出したのは本当にビックリした。

クラスの男子はそんな反応できないのに、本当にミラちゃんは戦闘センスがあるよ。僕も空中に足場を作ったりしたいけど、残念ながら無属性なのでできない。貴竜と雑竜の差は残酷だ。

「また練習に付き合ってもらわないと……ん？」

女子寮の廊下を歩いていたら、なんか赤くて小っちゃい子がいた。ちょうど去年入学したばかりのリナちゃんくらいで――新入生の子かな？　赤いロングの髪をしたレースとかふんだんに使った豪華なワンピースを着ている。あと首から青いペンダントをかけているね。

向こうもこちらに気がついたようだったので挨拶《あいさつ》してみた。

「こんにちは」

「……？　こんにちは」

挨拶すると不思議そうな顔で挨拶を返してくれた。いい子だね。

使用人やお供の雑竜は女子寮にもたくさんいるけど、そういう人たちが貴竜に話しかけることはほとんどない。雑竜は空気みたいなものというのが貴竜の認識で、僕みたいに自分から挨拶をする雑竜は少なくとも女子寮にはいない。あと僕の格好が使用人っぽくないから混惑しているんだと思う。

雑竜の服は汚れたり破れたりしても直らないただの服だから、普通はもっと簡素で安い生地の服を着てるんだけど、僕はリナちゃんたちが手を加えたオーダーメイド。服だけ見ていると貴竜並みだ。ちゃんと魔力も籠っているしね。

「寮の中の見学？　帰り道はわかる？」

「……？」

この辺りは雑竜たちの仕事スペースで厨房《ちゅうぼう》や洗濯所がある区域だから普通は貴竜は近づかない。貴竜の生活スペースからは少し距離があって、そんな場所をキョロキョロしながらふらふら歩いていたから一応聞いてみたんだけど……。

「……ここはどこでしょう？」

「やっぱり迷子さんだったか。生徒の部屋は向こうだから案内してあげるよ」

「……ありがとうございます」

まあ新しい場所に来たらあちこち見て回りたくなるのもわかる。小さい子なら迷子になるのも仕方ないよね。

「僕はアレク。去年この学園に来たんだ。たぶん君の一つ上かな」

「……ルビスです。今朝到着しました」

「そっか。入学おめでとう、ルビスちゃん。上竜《じょうりゅう》学園にようこそ」

「……はい、ありがとうございます？」

お互いに自己紹介をして歩き出す。……そういえばこの子、お供の雑竜の人がいないな？　ナーシャちゃんやミラちゃんは雑竜を連れ歩くことが多かったんだけど（気がついたらいつの間にかお供の雑竜の人たちはいなくなっていた）、ルビスちゃんはそうじゃないのかな。

着ている服が豪華でよく似合っているからたぶん貴竜の子だと思うんだけど……まあいっか。

ちょっとぽややんとした感じの子だけど、この寮にまた一人可愛《かわい》い女の子が増えた。いいことだね。

■

まだ見ていなかったというので女子寮自慢の温泉に寄り道してちょっとだけ見せてあげたり――ルビスちゃんも温泉に目を輝かせていた。すごく綺麗《きれい》な瞳《ひとみ》でちょっとビックリした――食堂の場所を教えてから、ルビスちゃんの部屋に案内する。部屋番号をちゃんと覚えていてくれてよかった。

「ルビスー！！！」

いきなり廊下に響いた、女の子の叫び声。廊下の向こうから物凄《ものすご》い勢いで青い女の子が走ってくる。ルビスちゃんに似てる色違いの格好。すごく真剣な表情でルビスちゃんを見ていて、心配しているのがすぐにわかった。もしかして双子かな？

「あ、お姉ちゃん」

「どこに行ってたの！　お姉ちゃん心配してたんだから！」

「ご、ごめんね……」

「どこか行くならせめて一言言って！　でも無事でよかった！」

ギューッとルビスちゃんを抱きしめている姿が貴い。妹大好きオーラ全開のお姉ちゃんと、お姉ちゃんに抱きしめられて恥ずかしそうだけどちょっと嬉しそうなルビスちゃんのカップリングが素晴らしい。女の子が仲良くする姿が大好きな雑竜とは何を隠そう僕のことです。

お姉ちゃんの方は赤が基調で青い耳飾りをつけていた。赤と青の双子コーデ。お互いの色を交換して身に着けているっていいと思います。

「も、もう……離れて、お姉ちゃん」

「あーん、まだ足りないのにー」

「もう十分でしょ！」

お姉ちゃん相手だと少し強気なルビスちゃんも可愛い。普段から二人の時はこんな感じなんだろう。

「あの、アレクさん。お姉ちゃんが来てくれたのでもう大丈夫です。ありがとうございました」

「うん、良かったね。今度は迷子にならないように気をつけてね」

「……はい、気をつけます」

「──あなた、ルビスのなんなの？」

おっと。お姉ちゃんのインターセプト。

敵意を滲《にじ》ませるロイヤルブルーの瞳が煌《きら》めいて、とても綺麗だった。

「迷子になっていたのを案内しただけだよ」

「そうなの？　それはありがとう」

「どういたしまして」

ぺこりと頭を下げるお姉ちゃん。意外に素直な反応にビックリ。

「──でも！　こんな短時間でルビスと仲良くなるなんて、きっと何かしたに違いないわ！」

「んんんん？」

仲良く？　僕とルビスちゃんが？

そんなに仲良くなっただろうか？

「……？」

ルビスちゃんを見るけど、彼女もよくわかってない感じ。きょとんとした顔で見つめ返されてしまった。

別に仲が良いとかないよね？

「あー！　二人で見つめ合ってる！　ダメ！　ルビスは私の妹なんだから！」

「お、お姉ちゃん、苦しい……」

「ごめんね！　でも今大事なところだから！」

ぎゅーっとルビスちゃんを抱きしめて警戒１００％の眼差《まなざ》しを向けてくるお姉ちゃん。チワワが一生懸命威嚇《いかく》しているみたいで可愛いね。

でも完全にただの誤解だと思うな。

「本当に寮の中を案内しただけだよ」

「案内しただけ?!　それだけで私の可愛いルビスを誑《たぶら》かしたの?!」

「誑かしていないんだけど……」

「だって、だってルビスが――!!」

「あんた、そこで何しているのよ！！！」

――殺気。慌てて振り返り、飛んできた魔力弾を弾《はじ》き飛ばす。

黒い石のような弾には普通の雑竜なら大怪我《けが》は免れないほどの魔力が込められていた。明らかに殺傷目的の攻撃。

「そんな小さな子たちを狙《ねら》うなんて……やっぱり変態だったのね!!」

僕を攻撃してきたのは、あの騒がしい黒髪の先輩。エミリーちゃんだった。

風の噂《うわさ》でルウ師匠と一緒に修行の旅に出たと聞いたけど、帰ってきたんだ。

「そうやってすぐに攻撃するの、やめた方がいいって言ったよね？」

「うるさい！　私だって頑張ったんだから……その子たちは私が守る!!」

なんか使命感に燃えているエミリーちゃんが僕に攻撃を仕掛けてくる。なるほど、確かに以前お風呂でやりあった時より強くなっているかもしれない。攻撃速度も上がっているし魔力の込め方もスムーズだ。

ただ、僕もあの時と同じじゃない。毎日の充実した食生活とミラちゃんやお姉様たちを相手に鍛え上げた体は大きく成長している。全身に魔力を巡らせて魔力弾を跳ね返しながら一気に距離を詰める。

「くっ！　これならどう!!」

ここが屋外だったら逃げられる可能性もあったけど建物の廊下だ。天井の高さに限りがあるし、エミリーちゃんが後ろに下がるより僕が前に進む方が速いのは明白。

魔力弾の効果がないと判断したエミリーちゃんは僕の前進を防ぐために黒い石の壁を生み出した。

前方だけではなく、前後左右上下、全ての方向に壁が作られて僕は石の中に呑《の》み込まれてしまった。

「――この程度の壁で僕を止められると思ってるの？」

だけど、脆《もろ》い。バキバキバキッ!! と一瞬で壁を破壊する。僕の動きを止めるつもりなら硬度も魔力も何もかも足りていない。

「な、なんでっ!! あの魔獣だって、動きを止められたのにぃ……!!」

どの魔獣か知らないけど、そいつが弱かっただけじゃない？

怯《おび》えるエミリーちゃんの腕を掴《つか》む。成長を実感するね。

今の僕とエミリーちゃんの魔力量なら……。

「て、手を、離しなさい！」

コンッ!!

「――ふぅん？」

後頭部に衝撃。青い魔力弾が視界に映る。

「こ、これ以上の狼藉《ろうぜき》は許しません！ 今すぐその人から離れなさい！」

恐怖に震えそうになるのを堪《こら》えて、一生懸命自分を奮い立たせ、僕を睨《にら》みつける美しい青い瞳。

――いいね。すごくいい。

■

バシィィィン!!

「いやあああ!!　痛あああああいい!!」

「簡単に人を攻撃しちゃダメでしょ！　反省して！　もう一回!!」

バシィィィン！！！

「いやああああぁぁぁぁぁ!!」

たまたま近くにあったルビスちゃんのお部屋で、ルビスちゃんのお姉ちゃんのお尻をバシンバシンと叩《たた》いている最中です。スカートをめくりあげて青いパンツを穿《は》いたまだまだ小さなお尻をスパンキング。楽しい。

「や、やめなさいよぉ！　それ以上イジメないでよぉ……！」

「まだそんなこと言うのか！　エミリーちゃんも反省しろ！」

バシィィィン！！！

「きゃあああ!!　もうやだあああああ！！！　うわああああああん!!」

お姉ちゃんだけでなくて、当然エミリーちゃんも反省プレイの最中です。最初は暴れて抜け出そうとしたけど、反省が見られないのでその分いっぱいお尻を叩いたら少しだけ大人《おとな》しくなったよ。

さすがに年上なだけあってエミリーちゃんのお尻は大きくて色っぽいね。肉付きもよく実に叩き甲《が》斐《い》があるよ。

左右にエミリーちゃんとお姉ちゃんを並べて気分に合わせてバシンバシン。すごく楽しい。

「まったく二人ともさー。僕だからよかったけど、これが他の人だったら大怪我しているよ？　なんで新入生に道案内してあげただけなのにそんな目に遭わないといけないのさ」

「だ、だってぇ、それはあんたが二人を……！」

「口答えするな!!　反省しろ!!」

「わあああん!!　また叩いたあああ!!」

反省の足りないエミリーちゃんのセクシーなヒップを楽器にバシンバシン。合間にお姉ちゃんの幼いお尻もバシンバシン。

あー、楽しい。楽しすぎる。なんか忘れてる気もするけどめっちゃ楽しい。

「ぐす……ぐす……」

「ひっく……もうやらぁ……なんれわたしだけぇ……」

僕はすごく楽しかったけど、お尻を真っ赤にした二人がメソメソ泣き出してしまったのでこの辺にしてあげよう。

赤く腫《は》れたお尻を撫《な》でながら、もう二度とこんなことをするんじゃないぞと声をかけた。

「さて、それじゃあそろそろ帰るかなぁ」

このままレ○プできそうな気もするけど、この後用事があるんだよね。残念……ん？

ポスッ！


「お、お姉ちゃんたちをはなせー」

ルビスちゃん。

今、僕に攻撃した？

「は、はなせー」


ポスッ！


真っ赤な顔で小っちゃな魔力弾を作って……なるほど、これは間違いない。

「残念だよ……ルビスちゃんも反省が必要みたいだね」

「きゃ……きゃあああ！♥」

ルビスちゃんを抱え上げてスカートをめくる。

お姉ちゃんと同じ小さなお尻がお出迎え。

「や、やめて！　ルビスに酷《ひど》いことしないでぇ!!」

「あ、あんた……！　あんたなんて、やっぱり最低よ!!」

くっくっく。君たちはそこで黙って見ているんだな。

「ルビスちゃんは悪い子だね。いくよ？」

「は、はい……ルビスも、お姉ちゃんと同じように……おしおき、してください……♥」


すごく楽しかった!!

□

入学初日の夜。一緒のベッドに入りスヤスヤと眠るルビスを見ながら、姉のサフィアは学園に来る前のことを思い出していた。

王国中央に領地を持つ貴竜サフィール家。

美しい青の石材で造られた居城の内部も同じように青を基調にまとめられている。明るい青、暗い青、緑に近い青など様々な青を組み合わせて調和を生み出す室内は一つの絵画のようだ。この城に住む領主一族と使用人のセンスの良さがうかがえる。

その城の中で最も貴き青を継ぐもの。最も美しき青に愛されたもの。美しいコーンフラワーブルーの長い髪と星を宿したロイヤルブルーの瞳の姫君。

青い姫君は周囲を注意深く見て歩いていた。壁にかかったカーテンをめくったり、テーブルの下を覗《のぞ》いたり、子猫でも探しているかのようだ。

それでも探し物が見つからないのか、城内を歩き続け、ひたすら歩き続け……ようやく、彼女は探し物を見つけた。

赤。ピンク。オレンジ。

青い城内に咲いた鮮やかな紅の花。

星を宿したピジョンブラッドの瞳は今は閉じられていてわからず。明るく透き通るような赤い髪は床の上に広がっているが。青い姫君と瓜二つ《うりふた》の可愛らしい顔をした少女が、物置部屋の中で周りから隠れるようにして丸まって眠っていた。

「よかったぁ……やっと見つけられた」

青い姫が赤い姫の隣に腰を下ろし、優しい手つきで頭を撫でる。

「うぅん……」

「お待たせ。パーティは終わったよ、ルビス」

冬の宴。サフィール家の血族が一堂に集《つど》うその場所で、つい先ほどまで青の姫君は大勢の親族から翌年に迫る上竜学園入学を祝福されていた。

その一方、赤い姫君は周りから忘れ去られたようにこの部屋に一人で籠り、静かに夢の世界に揺蕩《たゆた》っていたのである。

「うにゅぅ……」

「……可愛い」

うにゅにゅにゅと幸せそうに眠り続ける赤い姫君の愛らしい姿に、頬《ほお》を緩める青い姫君。

周りから切り離された二人だけの世界。

「ふにゃ……あ……おねえちゃん……」

「おはよう、私の可愛いルビス。いい夢は見れた？」

「うん……たぶん、いい夢だったと思う……」

「そう……それならよかった」

しばらく経って、赤い姫君――妹のルビスが目を覚ました。

力なく笑う彼女に青い姫君――姉のサフィアは気がついたが何も言えなかった。

サフィアが物置の中を見渡す。青い城内を飾るために集められた数々の青い調度品たち。その中に赤い調度品はない。

この城に存在する赤はルビスだけ。美しき青きサフィール城に混ざった紅一点。父とも母とも似ても似つかぬ色を纏《まと》ってしまった妹。

どうしてこんなに可愛らしい大切な妹だけが仲間外れのように赤い色をしているのだろう。青い宴に混ざることを許されない紅一点。

姉であるサフィアはもちろん、両親だって妹を愛している。髪の色が、瞳の色が違おうと愛する家族であることに変わりはない。

だけれども、妹はただ自分の纏う色が違うというだけで、その愛を受け入れることができずにいる。

父が一度ルビスの部屋を赤とピンクの可愛らしい部屋に改装したことがあったが、その時は元に戻してくれと泣きじゃくってしまった。

そして妹は、こうして家族や使用人の目から隠れるようにして城の片隅で小さくなっているのだ。

「お姉ちゃん。わたし、お腹《なか》ペコペコ。ご飯は？」

「今日はご馳走《ちそう》よ。ルビスの分もちゃんと用意してもらっているから、すぐにシェフに出してもらいましょう」

「うん」

サフィアの差し出した手を握って、二人で一緒に歩きだす。

双子として生まれたのに違った色を纏った青い姉と赤い妹。

仲良く手をつないだまま青い廊下を歩く。

「ねえ、お姉ちゃん」

「なあに？」

「来年は上竜学園ってところにいくんだよね。どんなところなのかな」

「王国中からいろんな貴竜が集まってくるんだよ。真っ白な王都のお城に似た学校で、温泉があるの」

「真っ白なお城の学校かあ……楽しみだね、お姉ちゃん」

「うん、そうだね。とっても楽しみ。早く一緒に通いたいね」

青い城の中から、青い姉はまだ見ぬ学園に思いをはせる。

そこなら私の愛する妹はもっと自由に、のびのびと暮らせるようになるのかしら、と。

「……なんでこんなに幸せそうに寝ていられるのかしら」

まだヒリヒリするお尻を撫でながら、隣でぐっすり寝ている可愛い妹の寝顔を覗き込む。

一緒にお尻を叩かれたのに、なんでルビスだけ……とサフィアは呟《つぶや》くが、実際にはルビスの方は手加減されていたのでそこまで後を引いていなかった。

そして何より、姉と一緒にお尻を叩かれるという体験がルビスにとってとても楽しかったのだが、残念ながらサフィアはそのことに気がつかないのだった。

4 一年の成果

継続は力なり。

僕の通っていた中学校の先生が卒業式の時に教えてくれた言葉だ。

最初は失敗してもいい。上手《うま》くいかなくてもいい。それでも毎日毎日欠かさず続けていればそれがいつか実を結び、僕の力になる。先生、今でも覚えている貴方《あなた》の言葉を胸に今日も僕は頑張っています。

「はい、失礼しまーす」

「んん……♥」

壁に手をついたリナちゃんの背後に回ってスカートをピラッとめくる。もうすっかり慣れたつもりだけど、やはりこの瞬間は興奮するね。

いや、ダメだ！　心頭滅却、心を落ち着かせるんだ。

これも修行、修行なんだから！

「はい、触りまーす。気持ちよかったら言ってくださいねー」

「あ♥　そこ、そこぉ……♥」

「ここですね。はーい。グイっといきますよー。グイ～」

「んひゃぁぁ♥」

パンツの上からリナちゃんのお豆さんを押し潰《つぶ》すといい声で鳴いてくれる。

こうして改めてリナちゃんを見ると一年で成長したなぁと感じる。僕も背が伸びたり筋肉がついたりしたけど、リナちゃんも背が伸びたしおっぱいも少しずつ膨らんで、お尻も肉付きが良くなっている。この前スパンキングしたルビスちゃんたちよりお姉さんなんだなぁって実感するよ。

パチーン！

「あぁぁーっ！♥」

「あ、ごめんね。つい叩《たた》いちゃった。ごめんごめん」

「ん、だ、大丈夫よ……あなたが叩きたいなら、いつでも叩いていいから……♥」

この前ペチンペチン楽しんでいたことを思い出したせいで、ついリナちゃんのお尻を引っぱたいちゃった。ちょっと赤くなっているのでナデナデしてあげる。腰をくねらせて僕を誘うリナちゃんには学校が終わってからペチンペチンしてあげるね。登校前にお尻腫《は》らしちゃうのは可哀《かわい》そうだからね。

さて、誘惑を振り払うように僕は毎日の日課を続ける。継続は力なり。今日という一日が確かに僕の力になっていくんだ。

リナちゃんのピンクのレースパンツを硬くなった肉棒でぐりぐり押しこんで、腰を進めていく。

「はーい、それじゃあいきまーす」

「ん♥　ふっ♥　あ、ひっ♥　またぁ……♥　ひう……♥」

グググ――ッ！！！

いい感じに僕のチンポがリナちゃんの中に呑《の》み込まれていく。それでも集中を切らさない。カリ首が入り、竿《さお》の中ほどを通り過ぎ、順調に進んでいく。

「あ、あ♥　はやく♥　はやく……破って、ぇ……♥」

「ごめんねリナちゃん！　これも修行だから！　我慢してね!!」

「我慢する、がまんしてるからっ、あああぁぁぁあぁ……っ!!♥」

ズブッと根本まで入り込んだけど、一年前とは違う。

リナちゃんのパンツが破れていない。股間の生地が柔軟に伸びて、まるでコンドームのように僕のオチンチンに張り付いているんだ。

薄布一枚隔てたリナちゃんのオ〇ンコは生でするのとは違った感触がするね。これはこれで気持ちいい。

「それじゃあ動くよ」

「やあ、いやあ♥　やだぁ、抜いて……♥」

「ごめんねリナちゃん、すぐ出すから！　それまで我慢してね！　いくよ！」

「あっ、あっ♥　動かないで♥　やだぁ♥　たすけて、あれくぅ……♥」

リナちゃんが涙声で哀願する様子に思わず僕のオチンチンがパンツを突き破りそうになる。

それでも我慢だ。歯を食いしばって我慢するんだ……！

■

ブレザー制服姿で背後からレ〇プされている少女。

絶望と快感が織り交ざっている顔で、嬌声《きょうせい》に混ざってうわごとのように愛する少年の名前を呼んでいる。

雌の貴竜《きりゅう》にとって、自分の中に迎え入れる相手は一人だけ。乙女の守り《逆鱗》を貫き、自分の純潔を奪った愛する雄専用のオ〇ンコであり、コブクロなのだ。

愛する雄相手ならパンツの守りなど意味をなさない。横からするりと入り込むことも、パンツを破って力尽くで押し入ることも、雌を下した雄の特権なのだ。

だから、パンツを破らずにオ〇ンコの中に入ってくるなんてありえないのだ。

パンツの守りすら破れないようなザコ雄とセックスなんて雌の本能が許さない。それなのにパンツがゴムのように伸びてザコ雄のチンポを受け入れてしまっている。

「やだ♥　たすけて♥　あれくじゃなきゃいやなの……♥　おねがい、やめてぇ♥」

パンツを破るチンポが愛する雄のチンポ。

パンツを破れないチンポはザコ雄チンポ。

「あれくぅ、あれくぅ……♥」

「リナちゃん。僕はここにいるよ」

「あ、あ……♥　たすけて、おねがい、あれくぅ……！♥」

頭ではアレクとセックスしていると理解しているのに、まるで知らない男に無理やりレ〇プされているような感覚がリナを襲っていた。

嫌悪感と恐怖が胸に湧き上がり、愛する男に助けを求めて涙が溢《あふ》れてしまう。

背後から抱きしめられた安堵《あんど》感と、膣《ちつ》の中で暴れ続ける違和感。

「出る、出るよリナちゃん……！」

「ちょうだい！　アレクの！　中に、私の中にいっぱい注いで……っ！」

どうか愛する雄の子種でこの違和感を、嫌な記憶を洗い流してほしい。そう懇願する。

「出るっ！！！」

びゅうううううううう！！！

「あ――やあああああああ！！！」

絶頂の瞬間。リナが待ち焦がれた瞬間。

けど、アレクの射精の時でもパンツは破れていなかった。

自分の中でドクドクと射精をしているのに、子宮の中に子種が一滴も注がれない。

「やだ！　やだ！　いやあああああ!!」

ポロポロと涙を流して嫌がるリナの姿はまさしくレ〇プ被害者そのもの。見知らぬ他人に中出しセックスされたかのような有様だった。

「はあ……ごめんね。リナちゃん。今度は優しくするよ」

射精が落ち着いたところで、ようやくリナが待ち望んでいた瞬間が訪れた。

ツプッ――

「あ……アレクの……入ってきた♥」

「我慢させちゃってごめんね、ありがとうリナちゃん」

「ううん……あなたがしたいなら、私、いくらでも我慢するわ……ちゅっ♥」

ようやくパンツを破って生セックスが始まる。レ〇プの恐怖に泣いていたリナは幸せそうにアレクと唇を重ね、キスをしている。

まるで寝取られ趣味の彼氏にプレイを付き合わされた恋人たちのようなラブラブっぷりだ。他人棒でレ〇プされた彼女と上書きセックスして盛り上がっているかのようだ。

「リナちゃん、出すよ。受け止めて」

「うん♥　ちょうだい♥　あなたの子種……いっぱいほしいの♥　あ――っ♥」

ドプドプとリナの子宮の中に精液が注ぎ込まれていく。

「はぁ……あぁ……入ってきた……あなたのが、私の中にいっぱい……んんー♥」

愛する雄に種付けされる幸せ。

お腹《なか》の中にじわりと広がる暖かな感覚に、雌の体はぶるりと震えた。

■

リナちゃんだけではなく、ナーシャちゃんにも、ミラちゃんにも。

毎朝、可愛《かわい》いお嫁さんたちとしっかり修行をこなす。

ナーシャちゃんもミラちゃんも毎日の修行のお陰か一年前より女らしい体つきになっている。一番成長しているのはミラちゃんだけど――特におっぱいがこの一年で一回り大きくなった気がする――ナーシャちゃんもちっぱいが少し膨らんで、腰回りもエッチな感じになっている。女の子から大人《おとな》の女に、雌になっている証拠だ。

「先生、僕はこっちの世界でも頑張っています！　これが僕の努力の成果です！」

やっぱり継続は力なり――だね！

■

「それではこのサフィール家の特徴を知っている者はいるか――レオナルド、言ってみろ」

「はい」

そんなわけで、一年が経過して二年生になった僕たちだけど授業風景はほとんど変わらず。学生たちは学園内にある六つの離れ《炎》《獅子《しし》》《一つ目》《大牙》《長鼻》《三つ目》の校舎）のどれかに割り振られて、一年生から六年生までの六年間ずっと同じ校舎を使い続ける。そして七年生の最上級生になると離れを出て中央の本校舎に移動するというシステムだ。担当教師のブーノ先生も去年から引き続き僕たちの担当をしているし、クラスの顔ぶれには一切変化がない。

そんな見慣れた教室で、今日は地理の授業をしている。国内の様々な産業や領地の仕組みを学ぶ授業だ。

一年生の時は体育と簡単な座学、そして〝贅沢《ぜいたく》〟の時間があったけど、二年になって座学の内容が高度になってきた。

黒板には王国の地図が貼られている。前世では地図は軍事情報なんて言葉があったけど、こっちの世界だと貴竜は普通に空を飛べるし上空から地形の確認もできるので、地図の秘匿という意識は薄い。

それよりもしっかりした地図を使って王国の地形を憶えさせることで、自分は今どこにいるのかすぐ把握できるように教育しているみたいだ。

ブーノ先生が地図の中心部、王都や学園からさほど離れていない領地を指差したところ、数人の生徒が手を挙げた。隣でナーシャちゃんも手を挙げていたけど今回はレオナルドくんが当てられたね。

「このサフィールという領地はその名を冠した真竜《しんりゅう》〝宝石竜サフィール〟が巣を作っていることで有名です。この宝石竜サフィールが作った巣の石材が回収されて研磨された後、青く美しい宝石として王国内の各地に販売されていきます」

「うむ。〝宝石竜サフィール〟、これがサフィールの地で最も有名だな」

ブーノ先生が取り出した大きな写真を黒板に貼りつける。山をくりぬいたような空洞——床も壁も天井も、全てが綺麗《きれい》な青い石材でできた空間の真ん中で、宝石のような鱗《うろこ》を身に纏《まと》った青い竜が悠々と横たわっている姿だった。

「それでは他には？　アナスタシア」

「はい。サフィールの地を治めるサフィール家は〝宝石竜サフィール〟の直系の子孫です。宝石竜の魔力を受け継ぐ彼らは宝石竜の巣に立ち入ることが許されていて、安全に巣から石材を入手することが可能ですわ」

「そう。直系であるサフィール家だけが宝石竜の巣穴から安全に石材を回収できる。だからこの地の領地はサフィール家の者に代々受け継がれているわけだ」

領地ごとに特徴があり領主に求められる能力にも違いがある。

サフィールの領地はおそらく国内でも一、二を争うほど特徴的な領地だ。僕たちのような勉強を始めたばかりの生徒にも分かりやすい教材なんだろうね。領地の中に真竜が巣を作って共存している領地なんて王国中を探しても数えるほどしかない。

「面倒くせーなー。その宝石竜って奴をぶっ殺して巣穴を奪っちまえばいいじゃねえか」

「アーロン。お前のような者を愚か者と言うんだ。よく覚えておけ」

アーロンくんが授業の内容に文句を言っているけど、さすがにこの発言にはブーノ先生も呆《あき》れている。

「はぁ?! なんでだよ！ 真竜だかなんだか知らねえけど、ちゃんと仕留めちまえば問題ないだろ！」

「あるから言っているんだ。いいか、この青い石は宝石竜が自分の巣にするために作っているんだ。つまり、〝宝石竜を殺すと新しい石材が手に入らなくなる〟ということだ。儂《わし》の言っていることが理解できているか？」

「あっ！！ そ、それは……そういうことは先に言えよ！！！」

「少しは頭を使わんか、バカモン！！！」

パカーン!!

今日もブーノ先生の石弾（チョーク投げ）が冴《さ》えわたる。アーロンくんがこうして吹き飛ばされるのも一年ですっかり見慣れたね。

■

「──そういえばさっきの授業だけど、ブーノ先生が変なこと言っていなかった？」

「何のこと？」

「特におかしなことは言っていませんでしたわよ？」

お昼休みにみんなでご飯を食べている途中で、リナちゃんが今気がついたという感じで口にした。

ちなみにご飯は女子寮の食堂に戻って食べているよ。教室がすぐそこだからみんなお昼の時間になると一度戻ってくる感じだね。前日のうちに厨房《ちゅうぼう》に頼んでおくとお弁当も作ってくれるからそれを持って行く人もいるかな。

「宝石竜サフィールが石材を作って巣の材料にしているんでしょう？　だったらそれって魔力で作っているわけじゃないの？　宝石竜が魔力を解除したらすぐに消えちゃうんじゃないの？」

「ああ、リナちゃんは魔力物質と勘違いしているんだ。それなら疑問に思うのも当然だね」

「あれ～？　巣の材料って魔力物質じゃないの～？」

「ミラ……あなたまで勘違いしていたんですの？」

「……だって、さっきの授業でやらなかったから～……」

確かにブーノ先生はそこまで説明しなかったね。この調子だとリナちゃんとミラちゃん以外のクラスメイトでも勘違いしている子は多そうだね。

「……宝石竜サフィールの巣に使われる宝石は、魔力物質ではないです。あれは〝魔法〟なので……」

「あれ？　……ルビスちゃん、こんにちは」

「はい。こんにちはです、アレク先輩」

テーブルについている僕たちのすぐ隣にルビスちゃんが立っていた。手に料理のお皿を持っているからバイキングから料理を取ってきたところみたいだ。

「あら、一年生なのに詳しいんですのね」

「……うちの領地なので」

「え？　あんた、サフィール家の子なの？」

「……はい。こんな色ですけど、一応サフィール家の端くれです」

「へ～。さっき授業でちょうど習ったんだよ～」

リナちゃんたちが見慣れぬ新入生をいろいろと質問攻めにしている。

ルビスちゃんはあの写真に写っていた宝石竜サフィールの血を引く貴竜だったのか。宝石竜は青い色だったけど、ルビスちゃんは赤色なんだね。

そういえば、ルビスちゃんやあの青い子が作った魔力弾も宝石みたいにキラキラしていて綺麗だったな。

「ルビス！　なにしているの?!」

「あ……すみません、お姉ちゃんが呼んでいるので。また……」

「うん。またね、ルビスちゃん」

なかなか戻ってこないルビスちゃんを心配してあの青い子が来ちゃったね。

ぺこりと小さく頭を下げて急ぎ足でテーブルに戻っていく。あれ？　あのテーブルに一緒にいるの、エミリーちゃんとルウ師匠だ。

「ルビス、あの男の近くに行ったらだめよ！　またお尻ぺんぺんされちゃうわ！」

「そうだよルビスちゃん！　私でも守り切れないんだから、今度は何をされるかわからないよ?!」

「お前ら、アレクのことを何だと思ってるんだ……？」

「……お姉ちゃんたちと一緒に……またぺんぺんしてくれないかなぁ……（ボソッ）」

なんだかすごく仲良くなっている。あの青い子とエミリーちゃんって似た者同士だし気が合ったのかな。

「あ、リナちゃん。さっきの話だけど、宝石竜サフィールの魔法で石を作っているっていうのが答えだよ」

「魔法？」

「えーと、まず真竜と貴竜の魔力の違いを理解しないと、起こっている現象について説明ができないんだけど……」

「魔力の違い？　……じゃあ、さっきの赤い子……ルビスだったかしら？　あの子は宝石を作ることができないの？」

「残念だけどできないらしいね。それができるならわざわざ巣穴まで石材を取りにいかないしね」

真竜が魔力で干渉した結果は〝永続する〟。宝石を作れば永遠に宝石は残り続けるし、消えない火を出すことも、溶けない氷を生み出すこともできる。

一方、貴竜の魔力で干渉した結果は〝永続しない〟。魔力物質で宝石を作ってもやがて消滅する。火は消え、氷は溶け、一時的なものでしかない。

真竜の魔力は永遠なのに、貴竜の魔力には終わりが来る。そして僕のような雑竜の魔力は物理的な干渉すらできない。それが真竜と貴竜と雑竜の魔力の違いだ。

「永遠に消えない魔力、それをただの魔力と区別して〝魔法〟と呼ぶ。真竜が使っているのは〝魔法〟なんだよ」

「ふうん……なんだか難しいのね」

〝神と竜〟――〝法と魔法と魔力〟の話になってくるんだけどね。まあ授業でもまたやるだろうし、リナちゃんもゆっくり覚えていけばいいんじゃないかな。

「そういえば、授業で習ったサフィールっていう宝石竜があの子たちの先祖なんでしょう？　アナとミラの先祖の真竜はどうしているの？」

「わたくしのご先祖様のクリスティアル様は王国領からさらに北を目指して飛び立ったと言われていますの。ただ、何百年も姿を見せていないから死んだのかもしれませんの」

リナちゃんがふと思いついたように尋ねたけど、ナーシャちゃんのご先祖様の真竜は行方不明らしい。

「ナーシャちゃんの領地の北って、王国の外だよね？　どこまでも氷河が続く氷の大地とかいう」

「そうですの。正確には氷の大地の手前にドワーフたちの里がある〝大鉱山〟が存在していて、その向こうが氷の大地ですの」

氷の大地に何があるのか。氷属性の真竜がまさか凍死するとは思えないけど、世界の果てに何があるのか知りたいという好奇心がうずうずしてくるね。もちろんドワーフの里も気になります。

「わたしのご先祖のサンボルタ様はね～。王様に挑んで死んじゃったんだって～」

「……え？」

「もう何百年も前だけどね～」

「そ、そうなんだ……」

「やっぱり王様って強いのね」

「ね～。王国最強ってかっこいいよね～」

あっさりと自分のご先祖様が死んでいることを打ち明けるミラちゃん。

でも、ちょっと驚いたけどよくよく思い出してみると、この国の真竜って大昔に真竜同士が殺し合いをしたり、縄張り争いで王様に挑んで殺されたりした結果、真竜の数が激減したって授業で言っていたな。意外とミラちゃんの家みたいな場合も多いのかもしれないね。

ちなみに僕みたいな雑竜やリナちゃんみたいな準貴竜はどの真竜が祖先かわからない。竜の血縁関係は奔放すぎるので誰も追えないから。しかも魔力属性は時々〝変異〟を起こして変化することがあるから魔力属性で判別するって方法もできない。だから本当に手に負えないらしいよ。

そういうわけで、今でも祖先の真竜が生きているサフィール家は非常に珍しいパターンってことだね。

5 楽しい休日の過ごし方

「ここが自由騎士ギルドよ。私が案内してあげるからしっかりついてきてね！」

ギルドの扉を開けて入ってきたのは黒いサイドテールの少女。その後ろを青と赤の双子の貴竜《きりゅう》の少女が続いていく。アレクとの共闘を経て三人は仲を深めた結果、こうして休日も一緒に行動するようになっていた。

今はエミリーがお姉さん風を吹かせて双子をギルドに連れてきて、一緒に依頼を受けようとしているところだ。

更にエミリー親衛隊の四人も一緒に連れ立っていてかなりの大所帯になっていた。

「こ、ここが……自由騎士ギルドなのね……」

「うわぁ。いろんな色をしたお兄さんたちがいるね、お姉ちゃん」

「そ、そうね……」

休日の朝は上竜《じょうりゅう》学園の男子学生たちが多い。通常、外出許可は二年生以上の生徒にしか与えられないので、一年生の双子たちよりも年上、男女の体格差もあってサフィアは大いに尻込みしていた。そんな姉の後ろでルビスは興味津々《しんしん》といった様子で周りの様子を窺《うかが》っている。

ちなみに学生以外のギルド会員はもう少し遅い時間に来るか、最初から休日を休みにすることが多い。賢い人間はわざわざ貴竜に近寄ったりしないのだ。

「それじゃあ、まずは受付で登録を――」

「あ、エミリー様！　おはようございます！」

「え？　んー……誰《だれ》だっけ？」

緊張でガチガチのサフィアと、興奮して瞳《ひとみ》を輝かせるルビスを受付に案内しようとしたところで、列に並んで順番を待っていた集団の一人が声をかけてくる。

不憫《ふびん》四十七士の一人。進級して新三年生となった男子生徒だ。エミリーの一つ年下で、属性魔力持ちの魔獣に遭遇して死にかけたところをルウとエミリーに助けられた少年である。

同学年の女子がいない不憫四十七士は前々から年齢の近いエミリーに憧れている生徒が多かったのだが、あの一件でエミリーに惚《ほ》れ直し、機会があらばお近づきになろうとしていたのだ。

「はい、僕は――」

「オイゴラァ!!　テメエ、なに姫に馴《な》れ馴《な》れしく口きいてんダァ!?　アア!?」

だが、その男子に割って入る男がいた。

エミリー親衛隊の一人、真っ赤な頭の火属性ヤンキーひーくん（エミリー命名）だ。彼らの学年のアイドル、エミリーにべた惚れしている親衛隊筆頭（自称）であるひーくんからしたら、エミリー姫に近づく男など全員抹殺対象。

更に去年、一昨年と何度も不憫四十七士とは小競り合いを起こしており、不倶戴天《ふぐたいてん》の敵である。殺意を籠めた視線と表情で威嚇《いかく》をする。

「――先輩、俺《おれ》は今エミリー様と話をしているんです、邪魔しないでください」

「姫はテメエなんかに用はねえっつってんだよ！　失せろボケェ!!」

ギルドのど真ん中で諍《いさか》いを始める若い貴竜たち。

一触即発の空気が同行している仲間たちにも伝播《でんぱ》する。

「センパイさんたちよぉ。そうやって凄《すご》んだらすぐに俺らが引くと思ってンすかぁ?!」

「先輩たちがその気だって言うならいつでも構いませんよ？　今ここでやりますか？」

最初に声をかけた男子の連れが声をあげてやる気を漲《みなぎ》らせ。

「はぁ、これだから学習能力のないバカは嫌いなんです。今すぐ死んでほしいですね。なんなら私が息の根を止めてあげましょうか」

「お前ら、姫ちゃんの前だからってイキリすぎだろ。カッコ悪いところ見せたくなかったら今すぐ寮に帰った方がいいぜぇ。なんなら俺が送り届けてやろうか？」

エミリー親衛隊も負けじと睨《にら》み合いに参加し、魔力を発して威嚇しあう。

「み、みんな！　こんなところで暴れたら怒られ――」

「お前たち、こんなところで騒ぎを起こすな！　恥を知れバカモノ!!」

受付の列に並んでいた生徒の中から筋骨隆々の男子生徒が姿を現し、騒ぐ男子たちを一喝した。

「あっ、か、監督生の……!! ま、マズい……！」

彼の顔を見た苦労人のちーくんの顔色が真っ青に変わる。

学園の最上級生、七年生の男子であり、男子寮の監督生でもある非常に厳しい男子だ。当然、不憫四十七士やエミリー親衛隊とは比べ物にならないほどの強者でもある。

「お前たちの外出許可はこの場で取り消しだ！ 今すぐ寮に戻って反省文を書いて提出しろ!!」

「ああああぁぁぁぁぁ……！ やっぱりぃぃぃ……！」

街中で――それも国家・領主が直接運営しているギルドのど真ん中で騒ぎを起こしたところを見られたのだ。これでは処罰は免れない。

これが監督生じゃなかったら、ギルド併設の鍛錬場（という名称の空き地）で喧嘩《けんか》でもして済むような話だが、もう後の祭りだった。

「寮に戻るぞ！ 全員ついてこい！」

「とほほ……ごめんね姫様。僕たちはこれで戻るから……あとは頑張って……」

監督生に連れられて十人以上の貴竜男子がゾロゾロとギルドから出払っていく。

「なに……あれ……」

「すごーい……！」

一部始終を目撃していた双子。サフィアはポカーンとした表情で呆然《ぼうぜん》とし、ルビスはキラキラした瞳で見送った。

「え、み、みんな……ちょっと待って……私だけ置いていかないでよー！！」

そして親衛隊のみんなと一緒に双子の面倒を見る予定だったのに、突然一人にされて心細くて嘆くエミリー。

三人だけがギルドに残されたのだった。

□

「いい？　この村の近くに魔物が出たからそれを一匹残らず狩るのよ。あなたたち狩りの経験は？」

「「ないです」」

「そう。じゃあ私がやり方を教えてあげるからよく見ていなさい」

学園都市の周辺の村の一つ。畑を襲う草食型の魔物が出るというのでエミリーたちが討伐の依頼を受けてやってきた。

大型の鹿のような魔物でしかも群れを成していたので、村の守りについていた雑竜《ざつりゅう》では歯が立たなかったようだ。

銀級（雑竜）でも人数を集めればなんとかなる程度の難易度。金級依頼としてはかなり難易度の低い依頼だが、双子たちの初めての依頼だから、と受付でオススメされたのだった。

「それじゃあ出発よー！」

元気なエミリーちゃんを先頭に森に入っていく三人。彼女たちの初めてのクエストが始まった。

お城からほとんど出たことがない双子の姉妹。

「わ、私がルビスを守るからね……！」

緊張した顔で先を歩く姉・サフィア。

「大丈夫だよ、お姉ちゃん。私だって自分の身くらい守れるよ」

その横を足取り軽く歩いている妹・ルビス。

「あ、綺麗《きれい》なお花。いい匂い～！」

「ちょ、ちょっとルビス！　そんなに動き回ったら危ないわよ！」

初めて立ち入った森の中であちらこちらにうろちょろしながら瞳を輝かせるルビス。

二人ともお城からほとんど出たことがない箱入り娘のお嬢様だったが、生まれてからずっと存在していた周囲の目が無い環境にルビスはとても伸び伸びとした様子だ。いろんなものに興味を示していた。

そんな妹の様子に姉のサフィアははらはらして止めようとするが、城での生活と違って楽しそうな様子に制止する言葉も弱くなってしまう。

そして、本来なら二人の引率をするはずのエミリーだが。

「う、うーん……？　どこにいるんだろう……？」

依頼にあった魔物の群れを必死に探しても一向に見つからない。普段ならこういう時は風属性の貴竜のふーくんが風を使って魔物の居場所を調べてくれるか、ルウが直感で獲物の居場所を示して標的を見つけるのが常だった。

どちらもいない状況で、どこをどう探せばいいのかわからず途方に暮れていた。

「ルビス、一人で先に行っちゃダメだって！」

「お姉ちゃん、向こうに何かいたよ！　ほら、あそこ！　木の向こう！」

きゃいきゃいと言い合う二人。ルビスの指差した方向には大きな獣がいたのだが、騒がしいのを嫌うように森の奥に消えてしまった。サフィアが見てもすでに木々に隠れて見えなくなっていた。

「もー、どこにいるのよー?!」

必死に探すエミリーはまだ獲物を見つけられていない。


そして夕暮れ。

「あ、鳥！　なんていう鳥なんだろう。お姉ちゃんはわかる？」

巣に帰る鳥の群れが夕焼けの空を飛んでいる。

どこでも見られる景色だというのに見上げるルビスはとても楽しそうで、今日一日が素晴らしい一日だったと笑顔が輝いていた。

「知らない……わかんない……」

その隣のサフィアはすっかり疲れ切った顔。一日中なんの成果もなく森の中を歩き続け、うんざりした表情をしていた。

「……今日は終わりね。二人は寮に戻りなさい」

「えっ、ミミお姉様は？」

「一緒に帰るんですよね？」

「私は……ここで依頼を続ける！」

群れを殲滅《せんめつ》するどころか一匹も狩れないままで帰るわけにはいかない。ここでやめれば依頼は失敗になる。二人の初めての依頼で、エミリーが先輩らしさを見せようとしていたのに黒星で終わってしまう。

だが、諦《あきら》めなければ依頼は失敗ではないのだ。

（そうだよね、ルウ姉！）

『成功するまで続ければ絶対に依頼は成功する』

敬愛する師匠であり、冒険者の先輩であるルウの言葉を胸に決意を固めた。実にブラックな言葉だがエミリーは気がつかない。

「二人は一年生なんだしちゃんと寮に帰って明日は授業に出なさい。あとは私がやっておくから大丈夫よ」

堂々と先輩らしく胸を張って、エミリーは二人を寮まで送り届けたのだった。

——更にその後。

「はやく出てきてよー！　もうやだあー！　帰りたいー!!」

深夜の森の中で、半べそになって泣きわめきながら探索を続けるエミリーの姿があった。

さっさと依頼を終わらせたいから頑張っているのに、全然目的の群れが見つからない。暗いしお腹《なか》も空いてきたし本当は依頼なんてほっぽり出して帰りたい。

でも、ここで帰ったら双子にいいところを見せられない。

「どこにいるのよー！　わーん!!」

エミリーが群れを見つけたのは三日後。ご飯を食べに近くの村に戻ってきたところに、ちょうど畑を襲っている群れとバッタリ出くわした時だった。

討伐は五分で終わった。泣いた。

□

ルビスはワクワクした気持ちでお風呂に入っていた。

あの青いお城ではなかった刺激に満ちた毎日、いろんなものが新鮮で面白《おもしろ》くて。

そして、何より、出会う人がみんな〝自分と姉を一緒に扱ってくれる〟のが嬉《うれ》しかった。

異物を見るような目でもなく。

腫物《はれもの》のように扱うでもなく。

同情の視線を向けることもない。

この学校にいる限り自分と姉は一緒。同じ一年生。それ以上でもそれ以下でもない。

（一番最初はアレク先輩だったなぁ）

道に迷っていた時に出会った黒髪の雑竜の先輩を思い出す。

なんで貴竜の学校の、しかも女子寮に居るのかよく分からない人。本当は一緒にいるリナお姉様の付き人らしいけど、全然付き人に見えない。

あんな雑竜はルビスの周りにいなかった。普通は雑竜の方から一歩引くのが当然なのに、むしろ逆にどんどん距離を詰めてくる感じがする。

それに魔力もとても強くて、エミリーの魔力弾が当たってもケロリとしていた。性格も態度も魔力量も本当に規格外だ。

「……ふふふ……くすくす……」

アレクのことを思い出すとルビスはつい楽しくなって笑ってしまう。

エミリーとサフィアと一緒になってお尻ぺんぺんされたこと。あんな扱いされたのは初めてで、〝みんなで一緒に〟ぺんぺんされたのがとても楽しかった。

(またお尻ぺんぺんしてほしいなぁ……お姉ちゃんと一緒に……)

自分だけ優遇扱いされたり、自分だけ手加減されたり。特別扱いされるのは嫌だ。

みんな一緒がいい。一緒がいいなぁ……と思いながら、ルビスは湯舟からあがる。

「ルビス、やっぱり温泉は最高だね……」

「そうだね、お姉ちゃん……」

お風呂上がりに二人でまったり。とてもいい気分だ。

「サフィアさん、お手紙が来ていますよ」

けれど、ルビスのいい気分は終わってしまった。管理人のセレスがサフィア宛の手紙を持ってきたのだ。

「……ごめんなさい、ルビス。しばらく仕事で忙しくなるかも……」

「……ううん。お仕事頑張ってね、お姉ちゃん」

急なお仕事が飛び込んできた姉を労《いたわ》り、何気ない風を装うルビス。

実家からの手紙は真竜《しんりゅう》サフィールについての報《しら》せで、サフィールが引っ越しして新しい巣に移動したので古い巣を双子の父が譲り受けたという内容だった。

巣の材料として使われている石材、膨大な量の青い宝石が手に入った。量が量なのでサフィール家でも事前予約などを取っているが、それでも販売先が決まっていない在庫というのは出てくる。

そこで次期領主候補のサフィアにも学生寮の生徒たちを相手に需要の調査をしてほしいというのだ。

サフィアはさっそく届いた資料を読まなければならないと、自分の部屋に戻ってしまった。

姉を送り出して一人でルビスは自室のベッドに横になる。明かりを消してもなかなか寝付けない。

「……お姉ちゃん、まだお仕事中かな……」

ベッドの中でぼんやりしているとようやく眠気が訪れ、ルビスは眠りについた。

サフィアとエミリーとアレクが一緒にいて、みんなで楽しく遊ぶ夢を見た。

とても悲しい夢だった。

■

今日は休日、朝からミラちゃんやメロディお姉様と一緒に訓練をしていたところ、クロエお姉様に一緒に料理をしようと誘われた。

「実家からちょっと珍しい食材が手に入ったの。とっても美味《おい》しいから良かったらみんなで食べましょう」

クロエお姉様の実家は南部にあるらしいんだけど、王国の南部は温暖な気候で農業が盛んな地域。〝王国の食料庫〟とも言われていて、大量の穀物や芋類を育てている。野菜や果物もとても瑞々《みずみず》しくて美味しいと評判だ。

「これは〝大森林〟で採れた食材なのだけど、普通の人間が扱うには難しい食材なのよ」

王国領土の外、竜種の力が及ばない魔境・大森林。そこでしか手に入らない食材と言われたらいやが上にも期待してしまう。

「クロエお姉様、これはどういう食材なの？」

目の前のテーブルに載せられたピンポンボールくらいの大きさの黄金の〝球〟。ツヤツヤツルツルでとても食べられるようには見えない光沢を発する不思議食材が何個も置かれている。

「うふふ、これはね。大森林に生息する珍しい植物の魔物の種なのよ。採取するには熟練のハンターか貴竜の手が必要と言われていて、発見数の少なさと合わせて非常に希少なものなの」

クロエお姉様が宝物のように球を手に取り、香りを嗅ぐ。

「これを削って粉にして調味料にするのだけど、種そのものもとても硬くて加工するのも一大事なのよ。だからみんなで交代しながら作業をしましょうね」

「香り……？」

僕も真似《まね》をして鼻を近づけて匂いを嗅いだけどピンとこない。でもクロエお姉様が美味しいと言うんだし、手伝わないという選択肢はないよね。

まず、くるみ割り器のような器具で種を割り、大小の破片を粉砕機に突っ込んでレバーをひたすらゴリゴリ回し続ける。

「お、重い……これ、本当に削れてるのかな……？」

「全然削れている気がしないよね～、これすごいな～！」

僕の隣で同じように粉砕機を回しているミラちゃん。その向こうではリナちゃんとナーシャちゃんがさっそくギブアップしていた。

「うう、腕が痛いですの……」

「これは食べ物じゃない。絶対違う……」

「あはは。ちゃんと食べ物だよ。ボクも手伝うからもうちょっと頑張ってみようか、二人とも」

泣き言ばかりの僕たちに対し、お姉様たちはさすがというか。メロディお姉様がリナちゃんたちを手伝い、ソフィお姉様は黙々と手を動かし、クロエお姉様は慣れた様子でレバーを回している。

「アレクくんもミラちゃんもちゃんとできているわよ。ほら底の部分に金色の粉が溜《た》まっているでしょう？」

クロエお姉様の言うように、よく見ると粉砕機の底の部分にほんの少しだけ粉が溜まっている。

「たったこれだけ？　こんなに少なくて大丈夫なの？」

「ええ。他《ほか》の調味料と混ぜて使うからこれは少量でも大丈夫よ。とはいえ、もうちょっと量はほしいけど」

他の調味料とやらがどんなものかわからないけど、本当に少量しかない。たったこれだけでそんなに味が変わるんだろうか？

「あ、いい香りがする〜。お腹が空いてくる匂いだ〜」

「へえ、どんな匂いなんだろ？」

ミラちゃんが顔を寄せて匂いがすると言うので、僕も真似をして粉砕機に顔を寄せた。

「こ、これは！　まさか――！」

「カレーだあああああああああああ！！！」

長かった粉ひきが終わり、ついに訪れた昼食の時間。複雑な香りが絡《から》み合う黄金色の液体に、思わず僕は叫んでしまった。

これは間違いなくカレー！　見た目がすごいキラキラしているけど、この匂いは間違いない……！

慌ててスプーンで一口掬《すく》って口に運ぶと、スパイスの香りが広がり目を覚ますような辛さが舌を刺す。

「やっぱりカレーだあああああああ！！！」

まさか、まさかこの世界にもカレーが存在していたのか……！

ヤバい。美味《うま》い。前世で食べたチェーン店のカレーやレトルトのカレーが霞《かす》む。今までこんな美味しいカレーを食べたことないんだけど、あの黄金の粉の力なのかな？　スプーンを動かす手が止まらない。ソフィお姉様もさっきから夢中になって食べているし、もしかしたらこのカレーには美味しくなる魔法がかかっているのかもしれない。

「カレー……？　よくわからないけど、気に入ってくれたみたいね。嬉しいわ」

「クロエお姉様！　僕のために毎日カレーを作ってください！」

「あらあら。それはちょっと困っちゃうわね」

思わずプロポーズしてしまった。だってこんなに美味しいカレーなんだよ?!　毎日出てきたら最高じゃん！

前世からずっと食べていなかったカレーと、しかも至高にして究極のカレーと出会った僕のテンションはマックスだ!!

「でも……アレクくんが毎日粉にするのを頑張ってくれるなら考えてもいいかしら？」

むにゅう、と僕の左手がクロエお姉様の豊満なおっぱいに埋まった。なんという柔らかさ。どこまでも沈み込んで受け入れてくれるような包容力を感じる。

「ク、クロエお姉様……！」

「うふふ。卒業後にうちの子になってくれる？　アレクくんならい～っぱい歓迎しちゃうわよ♥」

ごくり。こ、これは……据え膳食わぬは男の恥というやつでは……!!

「もう！　アレクは私のなんだから！　勝手に決めないで！」

「そうですの！　旦那《だんな》様は卒業後はわたくしと一緒に北に帰りますの！」

おっと。リナちゃんとナーシャちゃんにインターセプトされてしまった。

どうやら二人は反対らしい。

でも南部ってご飯が美味しいみたいだし悪くないと思うんだ。ダメ？　ダメかぁ。

「あらあら。残念だけどまた今度ね。でも招待するから一度はうちの領地に来てちょうだい。南部は本当にいいところなのよ」

「絶対行きます」

「その時はわたしの得意料理を振る舞ってあげるわ。お母様から教わったとっておきがあるのよ」

南部や家族の話題になると本当に嬉しそうに笑うクロエお姉様。故郷のことが大好きなんだと伝わってくる。

クロエお姉様の手料理も食べてみたいし、いつか南部にも行ってみたいね。

「それならわたくしもお母様から教わった料理を振る舞いますわ!!」

僕が南部行きに乗り気なのがバレバレだったようで、ナーシャちゃんのアピールタイムが始まってしまった。

「北部は酪農が盛んで魔牛のミルクを使った料理がたくさんありますの！」

「ナーシャちゃんは乳製品を使った料理とか好きだったね」

チーズとかバターとかシチューとか毎日食べている姿を見かける。あと辛い物が苦手で、今回のカレーのお供にもしっかり牛乳を持っている。前世で牛乳を飲むとカレーの辛さが和《やわ》らぐって聞いたことがあるな。

「特にオススメなのが甘い氷と新鮮なミルクを混ぜたデザートですの！　そのままでも美味しいですし味付けのバリエーションも豊富で毎日食べても飽きませんですの！」

ん……？　甘い氷って砂糖と氷みたいなもの……？　牛乳を加える？

それって、もしかしてアイスクリームなのでは？

よし。絶対に北部にも遊びにいこう。そしてご当地アイスクリームの食べ比べをしてやるんだ！

待ってろよ、僕のアイスクリームたち!!

■

「アレクくんの曲でコンサートか。レオノールお姉様の支援している音楽家たちが演奏するとどうなるのか楽しみだね」

「この前の収穫祭と比べて圧倒的にパワーアップしているから楽しみにしていてね、メロディお姉様」

とても美味しい昼食会が終わった後は女子寮のホールでコンサート。前回の収穫祭のライブが好評だったお陰か、わざわざ今日のために予定を空けてくれたお姉様たちもいて開演を待ちわびている。

セレスママも隅の方で見学しているし、身内だけのコンサートとはいえ気合を入れないとね。

舞台袖に移動するとすでにスタンバイしていたレオノールお姉様が興奮に頬《ほお》を赤く染めて話しかけてくる。

「こっちの準備は終わりよ。いつでもいけるわ」

「ありがとう、レオノールお姉様。それじゃあコンサートを始めようか」

やる気と緊張、不安と自信が混ざり合う、開演前の空気。

自分の持てる力を出し切る――部活の大会前にも似ているこの空気が僕は意外と嫌いじゃない。

自然と笑みがこぼれてくる。ワクワクした気持ちが止まらない。

舞台袖から一歩前。観客たちの前に立って、大きく息を吸って口を開けた。

「それではコンサートを始めます！　前回は僕の拙《つたな》い演奏しかありませんでしたが、多くの人の協力があってついに編曲が完成しました！　プロの演奏家もついて大幅にパワーアップした曲の数々を、どうか最後まで楽しんでいってください！」

「待ってましたー！」

たくさんの人がホールに集まっているけど、最前列には大声で歓声をあげるメロディお姉様の姿が。

実はメロディお姉様、劇や演奏を見るのが大好きらしい。普段から芝居がかった立ち居振る舞いをしているけど、あれも演劇が大好きだから自然と影響を受けたみたいだね。

みんな拍手をしてくれて会場の空気はとても良い。舞台袖に視線を向けると赤い瞳とバッチリ目が合った。

初めて観客の前に立つのに大胆不敵に可愛い笑顔を見せてくれる、天性のアイドル。

「それでは一曲目――」

演奏が始まる。僕が大好きだった曲を選び、音楽の専門家のみなさんが編曲し、耳の肥えたレオノールお姉様も大満足のいく素晴らしい仕上がりになった名曲の数々がプロの手によって奏でられる。

ほんの数小節聞いただけでも鳥肌が立つようなイントロにあわせて舞台の上に飛び出すトップバッター！

「――リナちゃん、どうぞ!!」

ふわりと広がったスカートをなびかせ、真っ赤なアイドル衣装に身を包んだリナちゃんが躍り出る。

今日のコンサートは僕が歌を教えたリナちゃんたちも一緒にステージに立つという構成。

女子らしい可愛い曲はやっぱり女の子が歌った方が似合う。リナちゃんの伸びやかな歌声がホールの中に響き、輝く笑顔は男女問わず観客を惹《ひ》きつける魅力に溢《あふ》れている。

歌はいい。歌うのも好きだし、歌を聞くのも大好きだ。国境を越え、世界を越え、こうして響き合う力がある。

見事に聴衆の心を掴《つか》んだリナちゃんが歌い終えると盛大な拍手が降り注ぐ。素晴らしいステージに僕も一緒に惜しみない拍手を送った。

□

観客に向かって手を振りながら舞台袖に引っ込むとリナの体から力が抜けた。ほんの少しだけよろめいたが、気合で踏ん張りしっかりと立つ。こんなところで無様な姿は見せられない。

「……なかなかやるじゃありませんの」

「当然よ」

次の出番に控えていたアナスタシアがリナを褒める。少し悔しそうな響きが込められていた。

「アレクの隣に立つのは私だから」

「わたくしだって譲る気はありませんですの」

バチバチと火花を散らす少女たち。今回のコンサートにはこの二人も大いに関わっていた。

『最近アレクはレオノールお姉様と一緒にいる時間が長い』

『わたくしたちの相手をしている時間が減っていますの』

レオノールの紹介した音楽家と編曲作業に入ってしまい、リナたちと遊ぶ時間が減ってしまったのだ。

だが、それで彼女たちが素直に諦めるわけがない。

『アレク、私にも歌を教えて！』

『お披露目《ひろめ》のコンサート、わたくしもお手伝いをいたしますの！』

アレクがやりたいことを一緒にする。アレクの夢を応援する。そして共に準備を進め、今このステージに立っているのだ。

リナと入れ替わるようにアナスタシアがステージに上がり、新しい曲が始まる。

一曲歌い終わったばかりのリナの出番はしばらくお預け、なのだが。

「嬉しそうだね〜。楽しかった〜？」

「……ん。まあ、悪くなかったわ」

ミラの言う通り、ステージを見つめるリナは微《かす》かに笑みを浮かべていた。

顔見知りしかいないとはいえ、大勢の観客に注目される舞台上で、自分の全力を出し切り、喝采と称賛を浴びる体験。

そし何より。

（アレクの熱い視線を独《ひと》り占《じ》め……はぁ♥）

好きな相手が自分だけを見つめてくれる。舞台の上にいる間はアレクを独り占めできると思うと、それだけで恋する乙女《おとめ》はキュンキュンとしてしまうのだ。

「あ、ナーシャちゃんも終わったね〜」

リナが先ほどの至福の時間を思い返している間にアナスタシアの出番も終了。

舞台上では優雅に淑女らしく歩いていたアナスタシアだったが、舞台袖に入るとそこでやはりよろけてしまう。リナと同様に。

「はぁ……」

雪のように真っ白な肌を赤く染め、目も潤んでいる。熱い息が漏れた。

(やっぱりそうなるわよね)

自分と同じようにアレクの視線を独り占めしていたアナスタシアに、ほんの少し嫉妬《しっと》を覚えるが。

(ミラの次はまた私の出番、完璧なステージにしてみせるわ！)

好きな人の前で無様なステージを見せるわけにはいかないと、気合を新たにするのだった。

■

「みんな、今日のライブお疲れ様。すごく良かったよ！」

代わる代わるステージに立ち、最後は四人全員で熱唱した感動のステージは、大歓声に包まれて終了した。メロディお姉様はスタンディングオベーションで拍手をしまくっていたし、レオノールお姉様は舞台袖で滝のような涙を流していた。

コンサート終了後はお姉様たちにもみくちゃにされて、僕もリナちゃんたちも大変だったけど、ようやく片付けも終わって部屋に戻ってきた。

達成感と心地良い疲労に包まれていると、潤んだ瞳でリナちゃんが見上げてくる。

「ねえアレク。今日はリナが一番可愛かったでしょ？」

ピンク色のアイドル衣装のスカートをたくし上げて、リナちゃんがおねだり。

「わたくしが一番声援が多かったですの！」

「わたしもアクション頑張ったよ～」

白色の衣装を着たナーシャちゃんと、レモン色の衣装のミラちゃんも猛烈アピール。ステージの上で輝く彼女たちの姿が脳裏に浮かぶけど、甲乙つけがたい。みんな魅力的だからね。

「やはりここはアイドル力で勝負するしかないね！」

というわけでみんなで歌ってもらおう。部屋の中はけっこう広いし防音もしっかりしているから三人くらいなら問題ない。

「ん♥　こ、こらぁ♥　歌えないでしょ……♥」

「ダメだよリナちゃん！　このくらい耐えなきゃ！　アイドルでしょ！」

「んん……♥　あ、あ～♪」

歌っているリナちゃんの後ろから抱きつき、衣装の中に手を入れてイタズラ。この一年で成長したおっぱいが僕の手の中で踊っています。

まだまだ膨らみらしい膨らみもなかった頃《ころ》から丹念に育ててきたリナちゃんのおっぱいだ。どうしたらリナちゃんが感じるかなんて手に取るようにわかるよ。

「～～♥」

震える声で歌いながらリナちゃんが腰をグリグリと押し付けてくる。

このままいつものように入れたくなるけど今日は我慢です。

「ひゃんっ♥」

「ナーシャちゃん、頑張れ！　頑張れ！」

「もう、他人事《ひとごと》だと思って簡単に言わないでほしいですの！」

「ナーシャちゃん、スマイルスマイル！」

「に、にこー……ひゃっ♥」

女の子のおっぱいは小さくてもふにふにして柔らかいのが不思議。ナーシャちゃんは背はあまり伸びていないけどおっぱいは成長しているんだよね。リナちゃんといい勝負だ。

ソフィお姉様はバストサイズを抜かれたことで裏切り者ー！　って叫んでいたけど、でっぱいにはでっぱいの、ちっぱいにはちっぱいの魅力がある。大事なのは大きさじゃなくて誰のおっぱいなのかだよ。

「無理、むりですのぉ……むりぃ……ひゃあぁぁぁ♥」

「せっかくのソロパートなのに歌えないなんてアイドル失格だよ、ナーシャちゃん！　失望しました！」

「ひぅ――っ!!」

キュッと両乳首をつまんでお仕置き。腰をガクガクさせてナーシャちゃんが崩れ落ちちゃった。これはもっと練習しないとダメだね！

「最後はミラちゃん。頑張ってね」

「～♥」

あえて正面から堂々と近づき、歌っているミラちゃんの衣装の胸部分を取ってしまう。

大きなおっぱいがプルンとこぼれたけど動じずに歌い続けるミラちゃんがすごい。

え、本当にすごいぞ。アイドルスマイルも完璧で目が合うとニコッと微笑《ほほえ》んでくれた。

「〜〜♥　〜〜♥」

さすがにミラちゃんのアクションを披露してもらうのは難しいのでその分たっぷりとおっぱいを揉《も》みしだくけど、僕に好き放題もみもみされているとは思えない歌と笑顔に満点しか言えない。

「勝者ミラちゃん！　百点満点です！」

「わ〜い、やった〜！」

「ええー!?」

「わ、わたくしの負けですの?!」

ショック受けているけどナーシャちゃんは一番ダメダメだったよ？　腰砕けでへなへなだったよ？

可愛いけど。

「えへへ〜。じゃあ、アレクくんはこっちに来てね♥　ここに座って〜♥」

「うん」

ミラちゃんに案内されるままベッドに腰かけると、そのまま流れるように僕のマイクを取り出した。

「アレクくんもお疲れ様♥　今日のために一生懸命頑張ってくれたんでしょ〜？♥」

むにむにと魅惑のおっぱいに包まれる。なんというマイク捌《さば》き。

「だから今日はアレクくんをいっぱい癒《いや》してあげる♥　ん♥　元気になあれ♥　元気になあれ♥」

「くっ……！」

なんという……！　大きなおっぱいを両手で動かしながら、エッチな声で僕を興奮させる、視覚と聴覚も合わさった暴力的なまでの快感……！

思わず射精しそうになるのを何とか踏みとどまる。

「うーん。これじゃダメなのかな～？♥」

全然ＯＫです！　でももうちょっと堪能《たんのう》したいから頑張っているだけ。

「じゃあ、こっち～♥　うん、しょっと……ふぁ♥」

じゅぷぷぷっ♥

僕のマイクがミラちゃんの中に呑《の》み込まれていく。これだけでもうあっさり達してしまいそうになるのに。

「プロデューサーさん、こういうの好きでしょ？　～～～♥」

素敵な笑顔で歌いながら、上半身だけの振り付けを披露してくれるミラちゃん。腰から上だけ見たらそのままライブに出せそうなくらい見事なのに、腰から下は別の生き物みたいに僕の上で見事なダンスを踊っていた。

「～～♥　ねえ、プロデューサーさん、ちゃんと合いの手もして？　♥」

「う、うん……」

ずぷっずぷっ♥　ぐちゅぐちゅっ♥

曲の途中でタイミングを合わせて僕のペンライトを振る。その動きもしっかりと組み込んでの悪漢的なパフォーマンス。

「あなたの推しはだ〜れ？♥」

「ミラ、ちゃん……！」

ぐりぐりと腰と腰を押し付けあって、ミラちゃんの一番深いところまで呑み込まれていく。

「一番可愛いのはだ〜れ？♥」

「ミラちゃん……！」

僕とミラちゃんの性器がピッタリ合わさって一つに混ざりあったように溶け合って。

「一番大好きなのは〜？♥」

「ミラちゃん！！！」

「ありがと〜！♥　私もだ〜いすき！♥」

「あっ……」

ビュルルルルルル！！！

「〜〜んっ♥」

キュン♥　とミラちゃんの中が締まった感触にたまらず、限界を迎えた。

ミラちゃんのお腹の中にドプドプと精子を注ぐと、一瞬だけミラちゃんが音を外してしまう。

「てへ♥　〜〜♥」

一瞬だけ「失敗しちゃった♥」という顔をした後に、また完璧に歌い出すミラちゃん。

僕のペニスを奥まで咥《くわ》えこんで中出しされているなんておくびにも出さなくて。

「ミラちゃん……！」

「ん～～♥　あ～～♥」

そんなミラちゃんをもっともっと乱したい。我慢できず、僕だけのアイドルを押し倒した。

■

「はふぅ……♥　すごかった～♥」

「むりですの……こんなの……旦那様が意地悪なんですのぉ……♥」

「わ、私がミラに負けるわけには……うぅ……」

ミラちゃんをエロエロアイドルに堕《お》とした後、リナちゃんとナーシャちゃんにも同じことをしてもらったけどあっさりと二人ともギブアップしちゃったね。

やっぱりセックスしながら完璧にアイドルをこなすなんて普通は無理だよね。ミラちゃんが才能ありすぎて末恐ろしい……。


でも、あのアイドル中出しプレイはすごく興奮したので、今後もミラちゃんにお願いしてみようと思います。すごく良かった……。

6 素敵な約束

「よし、これでもう大丈夫！」

頼りにならない親衛隊たちが外出許可を取り消されていなくなってから、エミリーは一人で依頼を受けていた。双子たちには見せられない修行期間だ。

自分ができることを考え、できないことを考えて、どんな依頼なら先輩として相応《ふさわ》しい姿を見せられるかを考えた。

例えば最初の依頼。森の中をあてもなく彷徨《さまよ》い続けて最後は村に戻ってきたところに偶然魔物と遭遇したが、あの依頼を森に不慣れなエミリーたち三人で解決しようとしたのが間違いだった。あの村にいる猟師なり雑竜《ざつりゅう》なりを雇って魔物の群れまで案内させてしまえばあっさり解決しただろう。

エミリーは準貴竜《じゅんきりゅう》の生まれで村にいた頃《ころ》は好き放題していたし、学園に入ってからも従者がいなかったのでそんなことを考えたことがなかったが、ルウに相談したらすぐに教えてくれた。

ちなみにルウ自身は勘——正確には言語化できないレベルの魔力感知能力——が優れているので手伝いを雇ったことがないが、少し考えてすぐに解決策をエミリーに示した。ルウの頭の回転が速いのかエミリーがポンコツなのか議論が分かれるところだ。

それはさておき、親衛隊のメンバー以外の一般人や雑竜に頼るという手段を覚えたエミリーは、その後いくつか依頼を受けて自分が失敗しない依頼がどういうものか学習した。

これであの二人にお姉さんらしく指導ができる！　とルンルンしながら部屋へ向かうエミリー。そこにちょうど廊下の向こうから双子の片割れ、サフィアがやってきた。

「あ、ミミお姉様！」

「サフィアちゃん？　どうかした？」

「あの、お姉様にお願いがあるんですけど、今日って予定は空いていますか？」

「予定？　大丈夫だけど……」

本当は双子を誘ってギルドに行こうと思っていたが、当のサフィアに予定があるかと聞かれてしまったらこう答えるしかなかった。

「良かった！　それなら一緒に行ってほしい場所があるんです！　外出許可を取ってもらえませんか！」

「外出許可?!」

一年生のサフィアは一人では外出できない。だから保護者役のエミリーが必要だった。

「それでどこに行くつもりなの？　街？」

「はい……」

よく見ると顔色が悪い。表情も強張《こわば》っていて、それでも何とか言葉を紡《つむ》いでいる。

「ルビスが……外出許可を取って街に出ているんです」

サフィア同様、ルビスも一人では外出許可が下りない。誰《だれ》かが監督する必要がある。

「その付き添いの人が、あの人みたいで……」

双子の姉だからと無理を押して聞き出した結果、ルビスとアレクが一緒にいることを知ってしまったのだった。

□

（最近ルビスの様子がおかしい……）

エミリーに声をかける前、サフィアは最近のルビスの様子に違和感を覚えていた。

ここしばらく領地の手伝いで忙しかったせいでルビスと過ごす時間が減ってしまっていたのが原因だ。

「お父さんがこんな課題を出すから――!!」

サフィアがキッ！　と睨《にら》みつけるのは実家からの手紙。つい先日、宝石竜サフィールが巣を移して大量の石材が手に入ったので、学園に通う貴竜やその家族に石材を欲しがる顧客がいないか調査せよという課題がサフィアに与えられていた。

もちろん、まだサフィアは一年生で入学したばかり。まともな交渉など望めるわけがないが、それでも次期領主として同じ学校に通う学生たちを相手に交渉の真似事《まねごと》をしてみるのはいい経験になる。

父の手紙にはサフィアの判断で自由に交渉をしていい石材リストも付いていたし、教育係としてつけられた雑竜もいた。

そういうわけで同じ寮の先輩たちに面会を申し入れたり、問い合わせの返信を書くのに必死に頭を働かせていたりと多忙にしていたわけだ。

その間、ルビスが何をしていたのかサフィアにはわからない。

ルビス付きの従者も何をしていたのか知らされていないらしく、サフィアがルビス本人に尋ねてみても「……気にしないで」と教えてくれなかった。

「あの子のことだから大丈夫だと思うけど……思うけど……！」

サフィアの可愛《かわい》い妹。大人《おとな》しくて物静かな子。物置の中で一人で眠っていた姿が思い浮かぶ。

「……やっぱり、私が何をしているのか聞かなくちゃ……！」

だって、お姉ちゃんだもの。

妹を守るのは姉に生まれた私の役目だから。

――こうしてルビスの痕跡を調べた結果、アレクと一緒に外出していることが判明したのだった。

□

「ちょっとあんた！　ルビスちゃんを連れてどこに行っていたのよ!!」

一日中街を探し回ったエミリーとサフィアだったが日暮れまで探し続けてもルビスもアレクも見つからず、空振りに終わった。そして意気消沈して女子寮に戻ってみれば、二人よりも先にアレクたちが戻っていた。

無駄に探し回った苛立《いらだ》ちもあって、エミリーが喧嘩《けんか》腰につっかかっていく。

「あれ、二人が一緒にいるなんて久しぶりだね。忙しいんじゃなかったの？」

「私たちのことなんてどうでもいいでしょ！　ルビスちゃんのことよ！」

エミリーがアレクに吠《ほ》える横でサフィアは愛する妹を思い切り抱きしめていた。

「ルビス！　やっと会えた！　心配したんだからね！」

「？　どうしたの、お姉ちゃん？　なにかあったの？」

まさか姉が一日中自分を探し回っていたとは思わず、姉の態度にビックリするルビス。

「寮にいると思ったのに、あの人と一緒に街に出ていったって聞いて……今までどこにいたの?!　変なことされなかった?!」

「え……あの……」

姉の追及に言い淀《よど》むルビスを庇《かば》い、アレクが代わりに答える。

「おっと、これは僕とルビスちゃんの秘密だから。今は答えられないよ」

「はあ?!　なによそれ！」

アレクとルビスの二人だけの秘密。いつの間にそんなに仲良くなっていたのか。可愛がっていた後輩をしばらく見ない間にアレクに取られていたと思った瞬間、エミリーは我慢の限界に来てしまった。

「もう許さないわ！　私と勝負よ！　私が勝ったらルビスちゃんに近寄るのをやめなさい！　あとあんたたちの秘密も教えること！　いいわね！」

「――へえ、決闘か。面白《おもしろ》いね」

「あ」

にんまりと笑うアレクの顔を見て、マズいことをしたと理解したのも後の祭り。あの屈辱のお尻叩《たた》きの時にアレクの魔力の多さは体感していた。

エミリーもルウに鍛えられて最近は魔物との戦闘をこなしているが、それだって魔力量の差によるゴリ押しが多い。貴竜よりも魔力が多い魔物というのがいないから当然だ。

そういうわけで、エミリーは自分より魔力が強い相手と戦う経験がほとんどなかった。せいぜいルウに可愛がりを受ける時くらいだ。

「じゃあ決闘場に行こうか。もうすぐ夕食の時間だけどその前でいいよね。あ、僕が勝った場合の要求だけど――」

「ちょ、ちょっと待った！　待ちなさい‼　早まるんじゃないわよ‼」

「――なに？　まだ何かあるの？」

このままの流れで決闘場に連れて行かれそうになったところで、エミリーの「待った」がかかる。

その瞬間、エミリーに素晴らしいアイディアが湧いてきた。

「まだ私の話は終わってないわよ。勝負は〝ギルドの依頼〟をどちらが先にクリアできるかで勝負しましょう！」

「ギルドの依頼……？」

ここしばらくの間、休日にずっとギルドの依頼を受けていたエミリーにとって俄然《がぜん》有利な条件である。これなら勝算は高いと内心でほくそ笑むが。

「僕、銀級だから金級の依頼は受けられないんだけど、どうするの？」

「……ギルドに調整してもらっていい感じにするわ！」

そもそも金級のエミリーと銀級のアレクでは受けられる依頼が別物だ。それをすっかり忘れていたエミリーのミスである。

「まぁ勝負はそれでいいとして、じゃあ僕が勝ったらエミリーちゃんに二つ命令を聞いてもらうね」

「え」

勝負の内容がどうなるかわからないが、景品は決まった。

「エミリーちゃんが勝ったら【ルビスちゃんに近寄らない】【秘密を教える】の二つの命令をさせるつもりなんでしょ？　なら、僕も二つ命令していいよね」

「ちょ、ちょっと待って、やっぱり考え直……」

「あれ？　僕に負けるのが怖いの？　年下の雑竜に負けちゃうようなザコ雌なの？」

「ち、違うわよ！　わ、私があんたなんかに負けるわけがないでしょ！」

命令二つと聞いて臆したエミリーに、あっさりと挑発を成功させるアレク。

「じゃあ問題ないね。勝負成立。よろしくね、エミリーちゃん」

「え。あ。……あぅぅ……こ、こうなったらやってやるわ!!　覚悟しなさい！！！」

こうして二人の決闘が決まったのだった。

□

貴竜女子と雑竜男子の決闘。勝負の内容を丸投げされた自由騎士ギルドの職員は難問を前にして頭をひねっていた。

貴竜と雑竜、その差は歴然。どうやれば〝いい勝負〟に持っていけるのかわからない。普通に考えれば貴竜の圧勝だ。

どうせ実力差は明白だし、もういっそのこと銀級依頼を二人に出してしまおうかと職員が悩んでいたところに、ギルドに緊急連絡が届いた。

「――これだ！　この依頼ならいける！」

雑竜に比べて貴竜が最も有利なのは、アウトレンジから属性魔力による一方的な大虐殺が可能な点だ。もちろん魔力の強弱による身体能力の差などもあるが、遠距離攻撃の有無はやはり大きい。

そんな貴竜の遠距離攻撃が通じない相手、それが自由騎士ギルドに届けられた緊急依頼だった。

今年になって王国南部を中心に各地で巣が発見されている魔物〝メタルアント〟。南部の大森林から飛来した巨大な蟻《あり》の魔物は学園都市の近くにも巣を作っていたらしく、大至急討伐してほしいという依頼だった。

メタルアント自体は一対一なら普通の雑竜でも倒せるくらいの強さだが、巣の中には何十匹何百匹というメタルアントがいる。それらを全て退けて女王蟻を討伐するのは並みの雑竜では不可能だろう。

また、巣が崩落しかねないので貴竜の得意な大規模攻撃は厳禁だ。以前エミリーがこの依頼を受けた時も巣が崩落してしまい女王蟻の討伐証明を得ることができず失敗となった。蟻が掘った通路に沿って自分の足で歩いて最奥の女王の間を目指す必要があるのだ。

「これなら雑竜以上貴竜未満、簡単すぎず難しすぎずいい塩梅《あんばい》のはず。依頼の内容も決まったし、学園に連絡を入れてできる限り早く出発してもらいましょう」

優秀な職員の働きによってすぐに各部署の手配が済み、決闘の舞台は整えられていくのだった。

■

「アレクくん。ギルドから緊急依頼が届いたわよ」

「緊急依頼？」

エミリーちゃんと勝負をすることになってから数日。ギルドからの連絡を持ってレオノールお姉様とルウ師匠がやってきた。

なぜか気がついたらレオノールお姉様がギルド関係の窓口兼マネージャーみたいな立ち位置に収まっていた。すごく助かっているからいいんだけど、七年生って卒業間近で忙しいんじゃないのかな……？

「エミリーちゃんとの勝負にこの依頼を使ったらどうかって言われてね。南部から飛来したメタルアントという魔物が学園都市の周辺に巣を作ったから討伐してほしいという依頼よ」

メタルアント。体長が三メートル以上もある巨大な蟻で、名前の通り金属製外骨格を身に纏《まと》う頑強な魔物らしい。下位の蟻が銀級（雑竜）とほぼ互角、上位の蟻になると金級（貴竜）じゃないと倒すのが難しい上に蟻だからものすごい数がいる。

「依頼の内容は巣の最奥にいると思われる〝女王蟻〟の討伐。この女王蟻を倒さない限り蟻の数が増え続けるから、まず真っ先に女王を潰《つぶ》してほしいと言っているわ」

巣の中にいる他《ほか》の蟻を潰すのは後回しでもいいので、まずは増殖の元を確実に潰したいらしい。ギルドが緊急依頼としただけあって後手に回るとヤバいみたいだ。

「そのメタルアントの討伐についてだが、ちょっといいか？」

「どうしたの？　ルウ師匠」

レオノールお姉様から渡された資料を確認していると、ルウ師匠が口を挟んできた。珍しく悩んでいる顔だ。

「実はあのバカ、同じ依頼を去年受けて失敗してんだよ。女王蟻の探索中に巣を崩壊させてな」

「ええ……。この依頼、絶対に巣を崩壊させるなって書いてあるのに……」

もしも依頼を途中でリタイアした場合でも、巣穴そのものが残っていれば他の人間を送ることができる。だから最重要事項として巣穴をできる限り壊さないようにと注意書きがされていた。

「それだけ去年のあいつは甘ったれだったたってことだ。姉貴分としては恥ずかしい限りだが……そういうわけで、ミミから提案があるんだよ」

「提案？　どんな？」

「チーム戦だ。確実に女王蟻を仕留めるなら仲間の手を借りた方が効率がいいだろ？」

「チーム戦かぁ……ふむ」

エミリーちゃんからの提案を確認したけど、どうやら自分の取り巻きの同級生四人を連れて行きたいらしい。

「ねえアレク。チーム戦なら私たちも参加していいのよね？」

一緒に席についていたリナちゃんたちが期待に輝かせた目を向ける。僕とエミリーちゃんの勝負が決まった時は少し不満そうだったけど、自分が参加できるなら話は別みたい。みんな、こういう勝負事とか大好きだよね。

「ルウ師匠。チーム戦はいいんだけど――」

「なんだ？　なにか条件があるならアタシからミミに呑《の》ませるぞ？」

ルウ師匠って有無を言わせず従わせる迫力があるよね。迫力系美人ってやつ。エミリーちゃんじゃ勝てないだろうなって簡単に想像できる。

「チーム戦をするにしても、こっちのメンバーはリナちゃん、ナーシャちゃん、ミラちゃんの三人しかいないでしょ？　エミリーちゃんの方が四人だと一人多いから三人にしてくれないかな？」

チーム戦ってことなら当然人数は揃《そろ》えないとね。取り巻き四人中三人しか参加できないってなったら、エミリーちゃんたちはどうするだろうね？

□

「参加できるのは二人だけ⁉　どうして四人じゃないの⁉」

ルウの部屋に呼び出されたエミリーが叫ぶ。

ギルドから回されたメタルアントの緊急依頼を見たエミリーはすぐに自分の手に余ると判断し、同級生たちに協力を要請した。今回の勝負は絶対に負けられない戦いだからなりふり構っていられなかったのだ。

そして勝負の内容をソロではなくチーム戦に変更しようとしたわけだが、まさかの人数制限あり。いつもの親衛隊メンバーから一人あぶれてしまうことになる。

「アレクのチームメンバーが三人なんだから当然だろ。そもそもアレクたちは二年でお前らは四年、相手は全員年下なんだぞ？　その時点でハンデ貰《もら》ってるようなもんなのに、人数まで多くしたいとか認められるわけがねえだろ」

「うう……でもぉ……うう～！」

ルウが言っていることは正論だ。年齢差はともかく人数くらいは揃えないと真っ当な勝負とは言えない。女王蟻の討伐も重要だが、アレクとエミリーの勝負の舞台でもあるのだから公平なルールは必要だ。

「まあ、どうしてもミミがあの四人を連れて行きたいってんなら認めてやってもいいぜ」

「え！　いいの、ルー姉！」

歓喜に顔を輝かせるエミリー。

「――その場合、アタシがアレクのチームの四人目として参加する。人数を合わせるためだ、文句はねえな？」

「三人でいいです！　三人でお願いします！　絶対負けちゃう！　お願い許してルー姉!!」

そして一瞬で泣きついた。

戦力としては学園最強、かつ〝勘〟によって正解のルートを選び続けるだろうルウがアレクの味方についた瞬間、エミリーの勝利の目は消える。

「最初からそう言えよ、ったく。じゃあちゃんと参加メンバー選んでおけよ」

「はい……わかりました……」

しょぼくれたエミリーが部屋を出て行った。誰を選び、誰を外すのか。メンバーから外れる相手への説得をしないといけないし、勝負の前から頭が痛かった。

「……本当にレオノールの言ったとおりの流れだったな」

妹分を部屋から追い出した後、ルウが先ほどの一連の会話を思い出す。人数制限についてごねるだろうエミリーの御《ぎょ》し方をレオノールが教えておいたのだ。

「あいつは人間にしか興味がないと思ってたんだが、アレクも変な奴に好かれて大変だな」

芸術をこよなく愛する変人同級生と変な後輩を思い浮かべ、肩をすくめるのだった。
□

男子寮の一室に三年生〝不憫《ふびん》四十七士〟が集まっていた。

「おい、聞いたか！　四年の奴らがエミリー様と一緒にお出かけするって騒いでるぞ！」

「なんだって?!　あいつらも外出許可を取り消されているはずだろう?!　勘違いじゃないのか?!」

「間違いない。誰がエミリー様に同行するかで争っているのをばっちり聞いたからな」

「なんであいつらだけ！　ズルいじゃないか！」

ギルドで騒いだ罰として四年生と三年生の男子が監督生から外出許可を取り消されたのはつい先日のことだ。三年生の彼らがまだ外出許可を得ていないのに、四年生だけ許可が出るのはおかしい。

「それがどうもエミリー様にギルドから直接依頼があったらしいんだ。それで四年の奴らがエミリー様についていくからって寮長から許可を貰ったみたいだ」

「なんだと！　こうしちゃいられない、俺たちもエミリー様のお手伝いをするぞ！　部屋にいる奴らも呼んでこい！」

「おう、もちろんだ！　もう呼んであるからすぐに来るだろうさ！」

そうして集まった不憫四十七士たちは、怒涛《どとう》の勢いで寮長室に押し入った。まるで忠臣蔵である。

「バカモン！　お前たちはチームでもなんでもない部外者だろう！　外出許可など出るわけがあるか！　そんな世迷言《よまいごと》を言う前にしっかり反省しろ！」

だが寮長もさるもの。小童《こわっぱ》どもを押し返し、怒鳴りつける。結局三年生たちは外出許可を得ることはできなかった。

7 真剣勝負

ギルドから緊急依頼として出された女王蟻の討伐。指定された森に向かうと、木を切り開いて大きな天幕が並びギルドの簡易出張所が設けられていた。

中に入るとレオノールお姉様が指揮を執っていて、どう見ても乗っ取られているんだけど。ギルドの人たちは気にしていないみたい。言われた通りに黙々と仕事をしている。それでいいのかギルド職員。

「アレクくん、来たのね！　さあさあ、こっち。ここで待っていてね！」

「え？　なにこれ？　お茶会会場？　なんでみんないるの？」

出張所の奥に通されると、お茶会の準備ができていて、メロディお姉様やクロエお姉様といった大勢のお姉様たちが席に座って談笑していた。

「やあアレクくん。今日の勝負の行方、楽しみにしているよ」

メロディお姉様が芝居がかった仕草でウインクを飛ばす。どうやら集まったお姉様のほとんどは冷やかし気分でやってきたみたいだ。お祭り騒ぎに釣られたやじ馬客かな？

その隣でクロエお姉様が困ったように微笑《ほほえ》む。

「メタルアントの駆除でしょう？　あれは厄介《やっかい》な魔物だから気になっちゃったのよ」

「厄介な魔物？」

「あの蟻《あり》はね、数が増えるに従って大量の餌を求めて遠出するようになるの。近隣の森が全て丸裸にされたり、畑の作物が全滅したり、村が襲われて滅んだり……だから数が増える前に駆除する必要があるのよね」

「ひえ……」

南部出身のクロエお姉様が実際にあったメタルアント被害を教えてくれた。草も肉も関係なく何でも食べてしまう恐ろしい魔物らしい。

「南部の森にはあの蟻を食べる捕食者もいっぱいいるからバランスが取れているんだけど、ここだと少ないから困っちゃうわよね」

そんなとんでもない魔物だけど、南部の食物連鎖にしっかり組み込まれて大量繁殖することはほとんどないとか。南部の魔境、恐るべし。


メタルアントや南部に生息する他の魔物の話を聞いているうちにエミリーちゃん一行が姿を現した。

「ふん、ようやく決着をつける時が来たようね」

一緒にいるのはルウ師匠と親衛隊が四人？　あとルビスちゃんとサフィアちゃんだ。

エミリーちゃんの周りに侍《はべ》る取り巻き四人だけど。うーん、タイプの違う美形揃《ぞろ》い。もしかしてエミリーちゃんとこの四人は乙女《おとめ》ゲーの登場人物なのでは？　とか思ってしまう。

エミリーちゃんが主人公で四人の攻略対象と仲を深めていき、最後は誰《だれ》か一人を選んでハッピーエンド。あるいはみんなと仲良くなって逆ハーエンドというルートもあるかもしれない。あと双子ちゃんが続編の主人公ポジションとかね。

そうすると僕はエミリーちゃんの前に立ちふさがる障害物、やられ役の踏み台キャラかな？　うーん、これが雑竜《モブキャラ》の悲哀か……。

という自虐ネタはともかく、真面目《まじめ》に話を進めよう。

「おはよう。今日はよろしく――」

「ああ⁈　なんだテメエ、雑竜《ざつりゅう》のくせして姫に気安く声かけてんじゃねえぞ！　殺すぞ！」

「やれやれ。ミミ姫が優しすぎるからこんな雑竜がつけあがるのでしょう。私に任せてください、すぐに処分しましょう」

「俺《おれ》にやらせろよ。姫ちゃんに声をかけようとした罰に生まれてきたことを後悔させながらじっくりと切り刻んでやっからよ」

なんだこいつら。

えぇ……。ちょっとエミリーちゃんに声かけただけなのに殺されちゃうの僕？　何この切れすぎるナイフみたいな集団。

「みんな、落ち着いて！　今日の勝負はどっちが女王蟻を仕留めるかでしょ？　喧嘩《けんか》はやめようよ」

お、なんだか一人だけ地味な感じの先輩が止めてくれた。この人はアレだな、前髪で隠れているから一見地味そうに見えるけど実は磨けば光るタイプの男子だ。そもそも貴竜《きりゅう》なんだから絶対美形だぞ、この人。

メガネを取ったら美少年とかゲームだとテンプレだよねーと見ているとなんとか他の三人を止めてくれた。

「そちらは人数が多いみたいだけど同行するのはどのメンバーなのかしら？」

「あ、僕が残ります。同行するのはこの三人です」

その地味な先輩はここまで来たけど巣の中には入らないみたい。なんかこのわずかなやり取りだけでわかる。苦労人だわ、この人。

（ところでこの人たち、魔道具とか準備しているのかな？）

エミリーちゃんと同行者の三人を観察するけど、可愛《かわい》らしい小さめのピンクのリュックをエミリーちゃんが背負っているだけで、他の三人はほとんど手ぶらだ。腰のポーチに飲み水の魔道具くらいは入れていると思うけど、あんな装備で大丈夫なんだろうか。

僕たちはというとレオノールお姉様に貸してもらったいろんな種類の魔道具を持ってきている。みんなの制服姿に合わせて色違いのスクールリュックの中に入れてあるよ。僕が黒、リナちゃんが赤、ナーシャちゃんが青、ミラちゃんが黄色のバッグだね。

中の荷物だけど、飲み水の魔道具、灯《あかり》の魔道具、空気生成の魔道具（地下はたまに毒ガスが溜《た》まっていることがある。貴竜や雑竜に普通の毒は効かないけど空気がないと窒息はするのであった方がいい）、迷子になった時の合流用の魔道具（登録した同じ種類の魔道具の方向を示し続ける）、あとはポーションとちょっとした保存食代わりにお菓子なんかが入っている。

多少かさばるけど重さは気にならないし、いざという時に役に立つ非常用品だからレオノールお姉様の心配りが嬉《うれ》しいよね。

こっちの準備は万端。あっちはちょっと不安だけど経験者だしきっと問題ないでしょう。たぶん。

一応事故が起きないことを願っておこうか。ご安全に！

■

そんなこんなで僕たちとエミリーちゃんたちのチームが蟻の巣の前に集まった。目隠しになっていた森の木々がなくなり、巣穴の状況がはっきりと見える。

「これは……こんな光景、初めて見ますの……」

「ギルドが緊急依頼を出すわけね……」

ナーシャちゃんとリナちゃんが言うように酷《ひど》い有様だった。周囲は普通に木が生い茂っているというのに、巣穴の入り口から一定の範囲には草木が一本も生えておらず、黒い金属のようなものが地面を覆っている。

あれはメタルアントが作るアントメタルと呼ばれる金属らしい。大森林の植物は繁殖力が旺盛だからああして巣穴の入り口を固めないと木に埋まってしまうみたい。

ただ、それは異常な繁殖力を持つ大森林だけの話。あのままだと草木の生えない不毛の土地になってしまうので、女王蟻の討伐が終わったらすぐに壊して引っぺがすらしいよ。

今から同時に中に侵入してどちらが先に女王蟻を倒すかを競うわけだけど、この依頼を絶対に失敗させたくないというギルドの意向もよくわかる。こんなの生物兵器だよ。

「みんな！　この勝負、絶対勝とうね！　私たちなら負けないよ！」

「安心してよ、姫ちゃん！　俺がパパッと女王蟻を見つけちゃうからさ」

「今度こそ俺の炎で蟻どもを焼き殺してやるぜ！」

「ミミ姫に勝利を捧《ささ》げるのはこの私……足を引っ張らないでくださいよ」

巣の入り口前に立っているのはエミリーちゃんと双子ちゃんたちと火・水・風の三人の親衛隊員。

男三人は何とも歯の浮くようなセリフを垂れ流している。以前も同じ依頼を受けたことがあるって言っていたし、この巣穴周りの状況も見慣れた光景なのかもしれない。双子ちゃんたちは足で地面をつついたりしてるね。

「それでは依頼を開始します。みんな怪我《けが》はしないように気をつけてね」

「よし、みんな行こっか」

「さあ行くわよ！　どんどん進みましょう！」

レオノールお姉様の合図で同時に巣の中に侵入した。エミリーちゃんが真っ先に駆け込んで、急ぎ足で進んでいく。

（あっちはあの火属性の先輩が灯担当なんだ）

エミリーちゃんたちは魔道具の灯じゃなくて魔力の火をいくつも浮かべながら進んでいた。あれならかなりの明るさが確保できるしなかなかいい方法かもしれない。

「アレク。私たちもあれやる？」

「うーん。……いや、最初は魔道具の灯を試してみよう。実際に使ってみてどんな感じなのか知りたいかな」

そう言ってスクールリュックに着けていた卵型の魔道具のスイッチを入れた。懐中電灯タイプと違って周り全部を照らすタイプの魔道具だ。両手がフリーになるし視界を確保しやすいので便利。寮で試した時も思ったけどかなり明るい。

灯の魔道具は光量や持続時間で値段が変わるらしいけどレオノールお姉様が用意してくれた魔道具はかなり高いんじゃないかと思う。レオノールお姉様は光属性の魔力持ちだから魔力の補充にも困らないしね。

リナちゃんたちも同じように魔道具をつけると昼間みたいに明るくなった。四人だとちょっと過剰なので光量を調整して魔力を節約しておく。これだけ明るいならリナちゃんの炎はなくても大丈夫だね。

巣穴の中は勾配が急な坂道になっていて、両手を広げても余裕があるほど縦も横も大きい。そして壁は先ほどのアントメタルで覆われている。

魔道具の光に照らされる黒一色の洞窟。色も美しさも全然違うけど、なんだか授業で習った宝石竜サフィールの巣穴を思い出すね。

「っと、悠長に見学している暇はないか。急いで先に進まないとね」

僕たちが巣穴の様子を観察している間にもエミリーちゃんたちはどんどん先に進んでいた。

慌てて追いかけると道が枝分かれしていて、エミリーちゃんたちは右の道に入っていった。僕たちは左の道を選んだ。

さあ、勝負の始まりだ。女王蟻目指して頑張ろう！

■

「——おいテメエ、今すぐ泣いて謝って姫に勝利を譲るなら殺すのは勘弁してやる」

はい。なぜかいきなり先輩たちに絡《から》まれています。

さっきの分かれ道で別々の道に進んだはずなのに、なぜか後ろから例の親衛隊メンバー三人が追いかけてきた。

ちょうどいくつもの通路が交わるホールのようになっている広い場所に出たので、ホールの中に入って三人を振り返る。

「そちらの三人は女の子ですからね。その雑竜を置いていくというなら見逃してあげましょう」

「〝お気に入り〟みたいだけど、どうせ雑竜だしな。君たちもこんなことで怪我なんかしたくないっしょ？」

エミリーちゃん親衛隊の赤髪ヤンキー、陰険青眼鏡《めがね》、チャラ夫グリーン。

わざわざ逆戻りして追いかけてきてこれかぁ。エミリーちゃんが一緒にいないのが気になるけど、多分こいつらの独断で対戦相手の僕を潰《つぶ》そうとしているってことかな？

これが四年生とか、本当に貴竜が血気盛んすぎる。学園卒業までに矯正できるのかな。先生たちも大変そうだ。

「私のアレクに何言ってんの。燃やすわよ」

「その似合わない眼鏡ごと氷漬けになりたいみたいですわね」

「どっちが怪我するのか～やってみる～？」

害意を隠さず、こっちを舐《な》め腐った態度を見せる親衛隊の三人に、リナちゃんたちもすぐに臨戦態勢に入って睨《にら》み返す。お互いに敵意むき出しだ。

「一応聞くけど、エミリーちゃんはどうしたの？　この襲撃は知っているの？」

「姫をエミリー〝ちゃん〟だとぉ!?　死んだぞテメエ!!」

「我々のミミ姫になんと馴《な》れ馴《な》れしい！　これだからバカな雑竜は嫌いなのです。今すぐに死んでミミ姫に詫《わ》びなさい」

「俺の姫ちゃんをエミリーちゃんとかさぁ……もういいよお前、死ね」

炎、水、風の魔力が僕に向かって放たれる。会話すら不能って、どれだけ拗《こじ》らせているんだ。

まあ、この様子だとエミリーちゃんの与《あずか》り知らないところで暗躍しているというか、競争相手の僕を叩けばそのまま勝てるくらいにしか考えていないっぽい。

当然そんな簡単に終わるわけがない。すぐ横から放たれた三つの魔力弾が僕に向かってきた攻撃を撃ち落とした。

「……殺す」

「生きたまま氷漬けにして生まれてきたことを後悔させてさしあげます」

「ん～。殺しちゃうのはちょっとかわいそうかな～？　でも、優しくしてあげる気もないけどね～」

実際に手を出してきた三人に対し、リナちゃんたちもブチ切れだ。全身に魔力を漲《みなぎ》らせながら前に出る。

「アレク。先に行って。こいつらの相手は私たちがするわ」

「わかった。大丈夫だと思うけど怪我をしないようにね！　あと崩落にも気をつけてね！」

僕が彼らの相手をすると少し時間がかかると思うし、それ以上にリナちゃんたちがやる気満々で止まりそうにない。だから親衛隊の相手は任せて先に進むことにした。こうしている間にもエミリーちゃんは奥に進んでいるからね。先を急ごう。

「待て！　姫のところには行かせねえぞ！」

「無駄よ！　アレクには指一本触れさせないわ！」

魔力弾を激しく打ち合う音を置き去りにして駆け出した。

□

「チッ、こいつらさっさとわからせて追いかけっぞ‼」

「巣を崩さないでくださいよ。これでノーゲームになったらミミ姫が悲しみますからね」

「そんなことしねえよ！　テメエこそ気をつけろよ！」

「私がそのような初歩的なミスをするわけがないでしょう」

いがみ合う二人を横目にチャラ男がふわりと宙に浮かぶ。

「お先！　お前らは後からゆっくりついて来いよ。俺が全部終わらせてから――ガアッ！！！」

ホールの天井スレスレを飛んでリナたちの頭上を飛び越えようとしたチャラ男に黄金の雷が突き刺さった。雷撃が直撃した衝撃でそのまま墜落してしまう。

「通さないって言ったよね～？」

「ぐぅっ……せっかく見逃してあげようと思ったのに……どうやら痛い目に遭わないとわかんないみたいだね。――先輩として教育してやるよ、クソガキ!!　俺に歯向かったことを後悔してもおせーぞ!!」

へらへらした笑みを消してミラに襲い掛かるチャラ男。体はまだ痺《しび》れているようだが縦横無尽に空を飛びながら風弾を放つ。

「先輩なのに弱すぎ～。わたしが鍛えてあげようか～？」

だが、ミラの放った雷が易々《やすやす》と風を突き破ると、空中で進路を変えてチャラ男の体に突き刺さる。

「――――ッ！？！？」

何度も何度も直撃する雷撃にチャラ男は声を上げることもできず、ビクビクと全身を震わせていた。

「まだまだいくよ～」

あまりに一方的な状態になってもミラは攻撃を止めない。口調は穏やかで顔も緩やかに微笑んでいるが、琥珀《こはく》色の瞳《ひとみ》の奥には怒りの雷光が煌《きら》めいていた。

今回の勝負はエミリーから挑んでアレクが受けて立ったものだ。チーム戦を提案されてアレクが認めたのだから、エミリーが親衛隊のメンバーを連れてきたことも問題ない。

だが、その親衛隊のメンバーがアレクの命を狙《ねら》ったというなら話は別だ。勝負とは関係ない〝殺し合い〟で自分の番《つがい》を狙われた。それを許す雌竜は存在しない。

〝番の竜には手を出すな〟

この世界では常識ともいうべきルール。年下相手だと侮《あなど》った親衛隊たちは竜の尾を踏んだのだ。

ミラたちの横で行われる火竜同士の対決。赤髪ヤンキーの火弾が直撃し、リナの全身が燃え上がった。

「ははは、燃えろ燃えろ！　その生意気な面《つら》を俺の炎で黒焦げに……な、なんで、燃えてないんだ⁉」

「あんたの弱火なんて一瞬で消したわよ。これは私の火。そんなこともわからないの？」

全身を炎に包んだリナがヤンキーに向かって大量の火炎弾を放つ。それを慌てて撃ち落とそうしたがヤンキーの放った火はあっさりとリナの炎に呑《の》み込まれ、直撃。今度こそヤンキーが大炎上した。

「二人とも不甲斐《ふがい》ない。ですが私の水はこのホールの全てを満たす……もはや逃げ場はありません。命までは取りませんが、たっぷりと反省してもらいましょう」

ナルシストの眼鏡男子が生み出した水がホールを埋め尽くす。床も壁も天井も全てを覆った水の結界の中に全員が閉じ込められてしまった。これでもうリナたちは逃げられない。

「ぬっ……な、なんだこれは！　私の水が⁉」

だが水責めで溺《おぼ》れさせようとした陰険眼鏡が驚いて声を上げた。

アナスタシアの魔力に触れた水が一瞬で凍りつき、そのままホールを覆っていた水が全て氷になってしまった。

眼鏡が操作しようとしても動かせず、慌てて水を消そうとしてもすでにアナスタシアの魔力の影響下にあって干渉できない。

「逃げ場がない？　そうね。これでもう誰も逃げられないわ」

「ば、バカな！　まだ二年のはず……いくら雌竜だからと言ってもこんなに魔力が高いはずがない！　こんなことはあり得ない！」

錯乱した眼鏡が叫ぶが現実は変わらない。静かに忍び寄る冷徹な殺意が眼鏡に到達した。

堕《お》ちたチャラ男は終わらない雷撃を浴びせられ続け、ヤンキーは火炙《ひあぶ》りの刑で今も炙られ続け……そして眼鏡の全身は霜が下り、凍りつこうとしていた。

「二度とこんな愚かな真似をしようとしないよう、徹底的に教育して差し上げますわ。心優しいわたくしたちに感謝しなさい、愚か者たち」

膨大な魔力を放ち続ける三人娘たち。彼女たちの腹部にある竜紋《りゅうもん》が煌々《きらきら》と輝き、莫大な魔力が溢《あふ》れ出ていたことを、親衛隊の三人は最後まで知ることはなかった。

8 乱入者

エミリーが薄暗い巣穴の中を一人で進んでいく。手元には自分で用意した灯《あかり》の魔道具が一つだけ。長時間使えるように光量は抑え目で心許《こころもと》ない灯だった。

本当なら火属性の男子がもっと明るい照明を用意していたはずだし、気心の知れたメンバーと楽しくおしゃべりして緊張をほぐしながら進んでいるはずだった。

（ひーくんたちが、帰ってこない）

それなのに「すまんミミ姫！　忘れ物をしてた！」と言って男子たち三人は来た道を戻ってしまった。すぐに追いつくと言っていたのに、いつまで経《た》っても追いかけてくる仲間はいなくて、エミリーは一人で巣穴の奥まで入り込んでいた。

（なんでこうなっちゃったんだろう……）

今回はちゃんと準備したはずだった。一人で挑むのではなくチームの方が勝率が高いと思って親衛隊のメンバーに同行をお願いした。メタルアントの情報も調べ直した。アレクに勝ち、後輩の双子の前で先輩としてかっこいいところを見せるはずだった。

それなのに、探索を始めてすぐに同行者三人と離れ離れでこの有様だ。

（ふーくんの探知能力なら、私の居場所もすぐにわかるはずなのに……）

風属性の貴竜《きりゅう》は風を使うことで周辺の探知が可能で、エミリーが少しくらい奥に進んでもすぐに探し出して合流が可能なはずだった。

それに巣穴の奥を調べるのにも風を使った探知は有効だ。この依頼を勝利するために重要な人員だったから同行してもらったのに、結局何一つ活躍しないまま姿をくらませてしまった。

（ふーくんがダメでも、ちーくんがいてくれれば良かったのに……）

土属性の地味な少年は地中の様子を探ることができる。蟻《あり》の巣穴の中という状況なら風属性には劣るものの応用もできただろう。

ただ、エミリーが同行者三名の候補のうち索敵に優れた風属性のチャラ男を真っ先に選び、次に土属性の少年を入れようとしたところ、最後の一枠を巡って赤髪ヤンキーと青眼鏡《めがね》が激しく争いはじめたのだ。結局そのままいつまでも収拾がつかず、地味な少年が身を引いてなんとか事態を収めたという経緯があった。

つまり、エミリーがしっかり取り巻きの男子の手綱《たづな》を握れていればこうならなかったというわけだ。

（私は一生懸命が頑張ってるのに、いつもこうだ……）

次々に湧いてくる蟻を倒しながら進んでいくが、孤独と不安でどんどんエミリーの気持ちが沈み込んでいく。

（ルー姉なら……こんなことにならないんだろうな……）

上竜《じょうりゅう》学園に入学したエミリーの面倒をみてくれたのがルウだった。

農村出身の準貴竜《じゅんきりゅう》、山出しの田舎娘《いなか》だったエミリーが初めて見た本物の貴竜のルウは光り輝いて見えた。朱金の髪も、赤い瞳《ひとみ》も、自信に満ち溢《あふ》れた表情も、全てがエミリーにとって衝撃だった。こんなに綺麗《きれい》な女性を今までの人生で見たことがなかった。

憧れて、近づきたくて、努力して。でもルウがエミリーに与える課題はどれも難しくて、ルウの期待に応《こた》えられない自分に嫌気がさす。

そんなエミリーを癒《いや》してくれたのが同級生たちだ。お姫様のようにチヤホヤしてくれる、優しくてカッコよくてどんなお願いも聞いてくれるお友達たち。

優しい友人たちと綺麗なベッド、豪華で美味《おい》しい食事、デザイナーが作ってくれる可愛《かわい》い衣服。田舎の村にはなかった数々のキラキラしたもの、楽しいもの、美しいものを知って溺《おぼ》れていった。

学園に通ううちに田舎者のエミリーではなく、綺麗で可愛いミミ姫になれた。

——そう思っていたのに。

エミリーが自分の魔力を固めて手の中に石を出す。

真っ黒な何の変哲もない黒い石。他《ほか》の人の魔力はもっとキラキラして輝いていて綺麗なのに、自分の魔力だけが違う。みすぼらしいこの色がイヤでイヤでしょうがなかったのに。

「……結局、何も変われてないのかな……。村にいた時のままで……」

どれだけ着飾っても、贅沢《ぜいたく》しても、楽しい夢を見ても、エミリーの黒い魔力は変わらない。本質は変わらないのだと突きつけられているかのよう。脆《もろ》くて柔らかくて綺麗じゃない、出来損ないのエミリーみたいな石なのだ。

ああ——魔法が解ける。

エミリーがかけた魔法が。お姫様のミミ姫が。

少しずつ、少しずつ壊れていく。

石ころに戻ってしまう。

どれだけ待ってほしいと願っても、いつかは時計の針が十二時を指すように。

□

「アレク先輩とミミお姉様、大丈夫かな……」

蟻の巣の入り口を心配そうに見つめるルビス。自分のせいで始まってしまった勝負に二人のどちらかを応援することもできなかった。「私のために争わないで！」というやつだ。

「心配しないでも大丈夫だ。蟻なんかにやられるほどヤワな奴らじゃない」

同じテーブルでお茶をしていたルウが慰めるが表情は晴れず、そんな妹の姿を見てサフィアも顔を曇らせる。

「ルビス。自分のせいで二人が争ってると思ってるのかもしれないけどな。アタシはこの勝負の機会をくれたことに感謝しているんだぜ」

「え？　感謝？」

「そう。二人が入学して、可愛い妹分のためにしっかりしなくちゃってあの甘ったれが奮起して、とうとうアレクと真剣勝負まで始めた。あいつがあそこまで変われたのもルビスたちのお陰だ」

ルウの瞳は優しい光を湛《たた》え、満足げに微笑《ほほえ》んでいた。

「そうね。私もエミリーちゃんの変わりようには驚いたわ」

その隣でレオノールもまた嬉《うれ》しそうに笑う。

「以前の彼女はあまり興味がなかったけど、今の彼女は悪くない。このままいけばもっと化けるかもしれないわね」

さすがはアレクくん。少し関わっただけであのエミリーちゃんをここまで変えるなんて、と独《ひと》り言《ご》ちる。

レオノールにとっての興味の対象は〝努力している者〟。自分自身の魂を輝かせようとする人間たち。貴竜の地位と力に胡坐《あぐら》をかいて怠惰を貪るような者は興味の対象外だ。

だから例えば雌竜を振り向かせようと必死に努力する雄竜や、常に自分の限界に挑み続けて乗り越えていこうという気概に溢れるルウのことは気に入っている。そんな興味の対象にエミリーも入るかもしれない。

ルウもレオノールもエミリーの努力を、彼女が〝変わった〟という事実を認めていた。

「……でも、アレク先輩とミミお姉様には、仲良くしてほしいです」

だが、エミリーをよく知る先輩二人は最近の変化にニコニコしているが、ルビスはみんな仲良くしてほしいのだ。喧嘩《けんか》は良くない。

「ははっ、確かにそうだ。みんな仲良くするならそりゃ最高……ん？　なんだあいつら？」

「そこを退《ど》け、落ちこぼれ！　俺《おれ》たちがエミリー様をお助けするんだ!!」

「ありゃ三年か？　なんであいつらがここにいるんだ？」

アレクたちが突入してから変化のなかった蟻の巣穴の前で、諍《いさか》いが発生していた。巣穴の前に立っていた地味な少年を取り囲み、三年男子の集団が中に入れろと騒いでいるのだ。

「君たちみたいな人たちの助けを借りても姫様は喜ばないよ。すぐに寮に戻った方がいい」

「ふん、ここに残された役立たずのあんたとは違う！　俺たちの力を知れば絶対にエミリー様は喜ぶに決まってるんだ！」

外出許可を得ていないのに勝手に寮から抜け出し、エミリーの手伝いと称して巣穴に押し入ろうとしている。

なんとか地味な少年が止めようとしたが多勢に無勢。ついに三年男子の一人が手を出し、集団リンチが始まった。

「おお。あの人数相手にあれだけ避けるとはなかなかやるじゃねえか。とはいえさすがに無理そうだな」

エミリー親衛隊の一員であり、四年生の中でも最強格の地味な少年。上手《うま》く立ち回りながら相手の攻撃を回避し、魔力弾に魔力弾をぶつけて逸《そ》らしたり相殺《そうさい》しながらダメージを抑えている。

とはいえ、四十人を超える集団に集中砲火をくらっているのだから倒されるのも時間の問題だった。

かなり粘ったものの、奮闘虚しく地味な少年が倒れ込む。

「――よくやった。あとでミミに伝えてやるよ」

気絶して倒れ込む彼をルウが豊満な胸元で受け止めた。先ほどまでお茶会席にいたのにとんでもない移動速度である。

「さて、と」

地面に横たえさせると、不機嫌さを隠しもせずに三年男子たちに向き直る。

「言っておくが、アタシはミミほど甘くはねえからな？　ここで反省していろ!!」

ルウの全身から立ち上った魔力が即座に灼熱《しゃくねつ》の〝溶岩〟と化し、三年男子の集団を囲った。

希少属性〝溶岩〟。火と地の複合属性とも言われ、攻撃にも防御にも優れた熱量と物量の暴力である。

触れれば黒焦げを免れない溶岩の檻《おり》。檻の内部はとてつもない熱さとなり、魔力を持たない一般人ならすぐに死んでしまう地獄のような環境となっている。

三年生たちは慌てて魔力物質を作り出して溶岩の熱を遮断しようとするが、そんな小細工など関係ないとばかりに全ての魔力物質を溶かし、焼き尽くしてしまう。

そして四方と天井の全てを灼熱の溶岩で囲まれ、立っているだけで丸焼きになりそうな灼熱地獄が出来上がった。温度の変化に強い貴竜男子もさすがにこうなってはどうしようもない。どうか許してほしいとルウに慈悲を請うのだった。

――ルウの放った大量の魔力、見た目も派手で人目を引き、三年男子たちの大絶叫が響いたこの瞬間。

一つの影が静かに巣穴の中に滑り込んだことに誰《だれ》も気がつかなかった。

□

巣の最奥、女王の大広間。黄金に輝くアントメタルが魔道具の光に照らされる。

その広間の奥、無数の金色の蟻たちに守られた巨大な白い蟻の姿があった。

「――嘘《うそ》。もしかして、あれが女王蟻……？」

大広間の出入り口は一つしかなく、エミリーの競争相手のアレクたちの姿もない。半分泣きべそをかいていたエミリーだったが、自分の目の前に勝利が転がっていると理解してすぐに動き出した。

「ギィ！！！」

「邪魔よ！　退きなさい！」

エミリーに向かって威嚇《いかく》をする金色の親衛隊蟻を一蹴する。

魔力によって生み出された無数の真っ黒な石の弾丸が、黄金の甲殻を突き破って穴だらけにしていく。蟻たちとエミリーでは魔力量に差がありすぎた。大広間に蠢《うごめ》いていた無数の蟻は瞬《また》く間に駆逐された。

「これで――トドメよ!!」

「グギャアアアア！！！」

そして部屋の奥に居座っていた白い女王蟻にエミリーの魔力弾が撃ち込まれ、頭部を吹き飛ばす。

いくら生命力が強くても脳などの重要な臓器を失えば死は免れない。エミリーの一撃は間違いなく女王蟻の命を絶った。

「や、やった……勝った……！　私の勝ちよ‼」

ガクンとエミリーの膝《ひざ》から力が抜ける。

安心して思わず尻もちをついてしまった。

「や、やった……私でもできるんだわ……。私一人でも、ちゃんと依頼をこなせる、やればできるのよ！」

一度は失敗した依頼を今度こそ成功させた。一人でやり遂げた。アレクとの勝負にも勝った。いろいろな感情が胸の中に込み上げてきて、エミリーの頬《ほお》を涙が流れていく。

「エミリーちゃん‼　危ない！！！」

「えっ」

だから、アレクの声に反応ができず、目の前に襲い掛かってくる紫色の魔物を、ただ呆然《ぼうぜん》と見ていることしかできなかった。

9 敗北

「ギャン!!」

間一髪。エミリーちゃんに襲い掛かった魔物に僕が投擲《とうてき》した雷棒が直撃した。

悲鳴をあげて一旦下がった濃紫の毛皮の魔物。大きな猫に似ているかもしれない。

「エミリーちゃんから離れろ!!」

「ガアッ!!」

近づいて拳《こぶし》を振り回すが、魔物は素早い動きで横に避けて距離を取る。それでいい。まずはエミリーちゃんから距離を取らせたかった。相手の動きを警戒しながら足を使って雷棒を拾い上げる。

「エミリーちゃん、大丈夫?」

へたり込んでしまって動けない様子のエミリーちゃんを背に護《まも》りながら、襲ってくる魔物の爪をなんとか弾《はじ》く。野生動物の動きは慣れていないので動きが読みにくい。

「な、なんで……あんたが？　それに、あの魔物が生きてるの……？」

「知っているのかエミリーちゃん!?」

僕を見て、紫猫の魔物を見て、混乱に襲われているみたい。僕はたまたまタイミングよく到着しただけなんだけどね。

「あいつは……私とルウ姉が倒した魔物のはず。ルウ姉の溶岩に呑《の》み込まれて死んだはずなのに、なんでここにいるの?!」

どうやらエミリーちゃんの因縁の相手ということらしい。

溶岩に呑み込まれたのに再登場するとかターミ〇ーターかな？

もう二度と映画を見れないのが悲しいけど、そういえば光の魔道具があるんだし、もしかしたらビデオっぽい道具とか作れないかな。

まあそれはさておき。

「ルウ師匠の溶岩に呑み込まれたんなら死んでると思うよ。あの魔物は別の個体なんじゃないかな。家族の敵《かたき》討《う》ちに来たのかも」

打ち合う感触からあの魔物の魔力も大体わかる。たぶんエミリーちゃんよりも少ない。ルウ師匠の溶岩に呑み込まれて生き残れるような力を持っているとは思えない。

「とりあえず立てる？　それか防壁を作れる？」

何度も攻防を続けるけど相手が逃げる様子はない。わざわざこんな場所まで追ってきたんだ、この魔物の狙いはエミリーちゃんなんだろうね。

「も、もちろんできるわよ！　……あ、あれ？」

「どうしたの？」

「わ、わかんない……ちょ、ちょっと待ちなさい！」

何とか立とうとしているのに立ち上がれず、魔力を操るとしても上手《うま》くいかないみたいだ。

（エミリーちゃんのあの様子、何かありそうだな）

「ねえ、ルウ師匠と一緒に倒した魔物ってどんな魔物だったの？　なにか覚えていることは？」

「……っ！　そうだわ、あの時襲われていたのも、確か……」

エミリーちゃんが魔物と戦った時、貴竜《きりゅう》の少年が地面に倒れていたらしい。傷はなかったけど身動きできず、魔力も操れない状態。今のエミリーちゃんに似ている。

「そういえばルウ師匠がそんなことを言っていたような。……もしかして〝特殊属性〟持ちの魔物かな？」

魔力属性には様々な種類が存在して区別されている。

一番多いのが火水風地の〝基礎属性〟。

次に珍しいのは氷や雷、光、鉄、宝石などの〝希少属性〟。

そして〝基礎属性〟にも〝希少属性〟にも属さない、セレスママの生命属性などをまとめて〝特殊属性〟と呼ぶ。

希少属性と特殊属性の違いは単純。貴竜が使える属性は希少属性。そして貴竜が使えない、貴竜に存在しない属性、〝魔物のみ〟が使える属性を特殊属性というんだ。

特殊属性を使う魔物で一番有名なのは王国の西にいる魔王だけど、目の前の魔物のようにある日突然ひょっこりと湧いてくることもある。貴竜が簡単に倒せる場合もあるし、逆に返り討ちにあって大量の被害者を出す場合もある。属性次第、魔物次第で強さはバラバラなんだ。

「あと少し遅かったらエミリーちゃんは死んでいたかもしれないね。危険な魔物だからここで打ち取りたいけど……時間をかけすぎたか」

パキン

儚《はかな》い音を立ててミラちゃんの作ってくれた棒が半ばから折れる。

「キシャアアア！！！」

「うぐっ!!」

その隙《すき》をついて魔物の爪が顔を狙《ねら》ってきたので咄嗟《とっさ》に腕で庇《かば》った。けどリナちゃんが作ってくれたブレザーとナーシャちゃんが作ってくれたシャツを切り裂き、僕の腕に傷跡を残して素早く駆け抜ける。

「怪我《けが》をしたのは久しぶりだね……」

普段から魔力を体中に巡らせて防御力を上げているから滅多に怪我なんてしない。血を流すのはどのくらいぶりだろう。

「あ、あんた！　大丈夫なの?!　血が出てるわよ！」

「大丈夫だよ。僕の心配は要らないから、それより防壁を作れないか試してて」

「ほ、本当に大丈夫なの？　あんた、手も足も出ていないじゃない！」

「大丈夫だって。僕を信じて。絶対にエミリーちゃんを守ってみせるから」

「……ぶ、武器もないくせに、強がり言うんじゃないわよ！」

エミリーちゃんがちょっと頬《ほお》を赤く染めながら、何とか魔力を集めて防壁を作ろうと集中し始めた。

□

「もっと強く……もっと硬く……！　こんなんじゃダメ！　こんなんじゃ……！」

（体に力が入らない？　恐ろしい魔物に襲われている？　そんなことは関係ない！　私は私のやれることをするだけ！　私を守るためにあいつが血だらけになって戦っている。だから絶対に壊れない強固な壁を作るのよ!!）

魔力の動きが鈍い。エミリーの焦《あせ》る気持ちに反して勝手に暴れ出し、抜け落ち、上手く操作することができない。

だけどそんなことで音《ね》を上げられない。足手まといのエミリーはアレクを信じて、魔力に精神を集中していく。

「集中……凝固……圧縮……!!」

生命の危機を前に、今まで感じたことがないほどに精神が研ぎ澄まされていく。魔力に隅々まで意思を通し、一分の隙も無く敷き詰めていく。何かの壁を越えたように、魔力が美しく並んでいく。

そして出来上がった防壁は、エミリーが今まで見たこともないほどに綺麗《きれい》に澄み切っていた。

「なにこれ……？　私が作ったの……？　いつもの真っ黒の地味な色じゃない……なんで？」

「あれ？　エミリーちゃんって宝石属性だったっけ？」

エミリーの作る魔力物質を知っているはずのアレクまで驚いていた。

「……違うわよ。私の魔力属性は〝石炭〟。こんな綺麗なものじゃないわ」

土属性に近い希少属性だが、ルビスやサフィアのようにキラキラしていない地味な属性。魔力で石炭なんか作っても火付けに使えるわけではないし、ルウのように強力というわけでもない。

本当に出来損ないの、準貴竜《じゅんきりゅう》に相応《ふさわ》しい属性だとエミリーは思っていた。

「……魔力をいつもみたいに操れなかったし、もしかしてあの魔物の魔力が影響しているのかも」

エミリーは今も力が抜ける感覚は続いている。あの魔物の特殊属性の影響で変な防壁ができたという可能性は高いのではと考えた。

けれど、アレクは何でもないことのようにエミリーの常識を撃ち破いていく。

「石炭ってことは炭か。じゃあ〝ダイヤモンド〟なんじゃない？」

「ダイヤモンド……？」

（確か……凄《すご》く硬くて加工が難しい宝石だって授業で……。ただ、加工次第ではすごく美しい宝石になるとも……）

まさか、そんなわけがないと防壁をじっくりと観察すると。

エミリーが作った防壁に、さっそく異常が発生していた。

「――なにこれ⁈」

「ど、どうなってるの⁉」

せっかく作った防壁の一部がゆっくりと濁って徐々に白色に変わっていく。慌てて色が変わった場所に意識を集中すると異常の原因に気がついた。

「魔力が壊れている？　制御しているのに、なんで⁉」

これまで感じたことのないくらいの会心の出来だったはず。今だってエミリーがしっかりと意識を集中して魔力の制御を続けているはずなのに、ボロボロと崩れそうになっている。

慌てて更に魔力を継ぎ足して、何とか最初と同じような状態を維持していく。

「戻――ああっ！　あいつ、やっぱりダメじゃない‼」

透明に戻った防壁に安心する前に、壁の向こうでアレクがボロボロになっていた。魔物の爪で体中血まみれ、制服はすっかりボロボロで何ヶ所も切り裂かれていた。

「大丈夫だよ、エミリーちゃん……僕のことはいいから……そのまま、ぐっ……」

「無理よ！　いいからこっちに来なさい！　あ、あんただって私の後輩なんだから‼」

傷口を押さえて痛みに耐えるアレク。

(気に食わない、嫌いな奴だけど、私を守るためにそんなにボロボロになっているのに見捨てられるわけないじゃない！)

「い、今助けるから……！」

「来るな！！！」

白く濁っていく防壁を解除しようとすると、アレクが吠《ほ》えた。そして――

「アレク！！！」

焦るエミリーの目の前で、ついにアレクが膝《ひざ》をついた。致命的な隙を前に、魔物が一瞬で距離を詰める。

「ガアアアアア！！！」

「う、うわあっ！！！」

魔物がアレクの上にのしかかる。必死に振りほどこうとするけど、体が上手く動かず。

魔物の鋭い牙が、アレクの無防備な喉元に食い込むのだった。

「いやあああああああああ！！！」

■

「――ようやく釣れたね。捕まえた」

必死に抵抗する振りをやめて、正面から思い切り魔物に抱きしめ、締め上げる。

牙が僕の首をガジガジしているけど痛くも痒《かゆ》くもない。ちょっとくすぐったいくらいだ。

「グア⁉　ガアッ⁉」

「僕がまだ動けることが不思議なんだ？　残念、もう種は割れてるんだよね」

ジタバタと暴れる魔物の胴体を思い切り抱き潰《つぶ》す。苦しそうな声を上げるけどもう逃がさないよ。

「え？　え……？　なんでアレクが……？」

「いやあ、危なかったよ。僕が囮《おとり》になろうとしているのに、エミリーちゃんがせっかく作った防壁を消そうとしちゃうんだもん。そんなに僕のことが心配だったの？」

「は？　おと……り……？」

「うん。こんな魔物に僕が負けるわけないでしょ。全部演技だよ」

魔力的には双子よりちょっと強いくらいかな？　まあ特殊属性でなかったらエミリーちゃんでも勝てるくらいの魔力量だね。その特殊属性が厄介《やっかい》なんだけど。

「グルルルルル！！！」

「おっと。そんな抵抗してもムダ……と言っても通じないか」

抱きしめている魔物の全身から紫色の魔力が溢《あふ》れ出し、僕の身に着けている魔力物質でできた服がボロボロに溶けていく。

「きゃあっ⁉　こ、こっちの防壁まで溶けだしてる……どうなってるの⁉」

「これがこの魔物の特殊属性なんだよ。浸食――いや、魔力の〝毒〟かな？　魔力に触れるとそのまま浸透して破壊する性質があるみたい。あと体内の魔力を汚染されると力が入らなくなるという症状も出るみたいだね」

「な、なにそれぇ⁉　毒⁉　そんなのあるの⁉」

これがなかなかにタチが悪い。この部屋の中に無味無臭無色の毒が充満していて、気がつかないうちに吸収してしまうという罠《わな》になっていたんだ。

「エミリーちゃんの体調不良や、防壁が白濁していたのもこの毒属性のせいだね。僕もリナちゃんたちから貰《もら》った服がボロボロだし、棒も真っ二つに折られちゃったよ」

「折られちゃったよ……じゃなーい！　なんでそんな劇物みたいな魔物を捕まえて平然としているの⁈　おかしいでしょう⁈」

「そりゃ僕はすぐに対処したからね。毒に侵された分の魔力は放出したし、その後も毒を吸わないように調整していたんだ」

この魔物が完全に初見だったら危なかったと思う。

だけど、僕の体内に入り込んで魔力に混ざろうとする感覚に既視感を覚えてすぐに対処できたんだ。

〝毒〟属性の対極、セレスママの〝生命〟属性の魔力に非常によく似ている。セレスママのミルクを飲んでいなかったらこんな簡単に倒せなかっただろうね。

「で、こいつがエミリーちゃんを狙っているから、エミリーちゃんには防壁に籠ってもらって、あとは僕が毒でやられた振りをしておびき寄せようとしたんだけど……まさかエミリーちゃんがあんなに僕を想っていてくれていたなんて……。感動だよ」

「想ってって……ば、バカじゃないの!?　そんなことないわよ、バカ!!」

白濁した防壁のせいでよくわからないけど、たぶん顔を真っ赤にしているような気がする。

「まあ、僕がいなかったら殺されていたかもしれないし、戻ったらお礼をしてもらうとしてそろそろ帰ろうか。女王も倒されちゃったし勝負は終わりってことでいいよね」

「……あ！　あー！　そうだった！　私が女王蟻を倒したのよ!!　私の勝ちでしょ！　やった！　アレクに勝った！　勝ったあああああ！！！」

僕に勝ったと一人で大喜びしているエミリーちゃん。心なしか魔物ちゃんもジト目で見つめている気がする。

――……


「ん？」

何か聞こえた気がして、頭上を見る。


――…………ウウン……

「あー。これは……」

――ズウゥウン……


「この巣、崩落してるね。ちょっと困ったなぁ」

頭上から大量の土砂が崩れ落ちる音が聞こえてきた。

「土砂？　それなら私が全部吹き飛ばして……あ」

エミリーちゃんが魔力を集めようとするけど、毒が回っている影響で上手くいかず。

「うーん」

どうしよう？

□

地上。

「……なんだ、この力は……?!」

三年男子を灼熱《しゃくねつ》の檻《おり》の中に閉じ込めたルウは、内部で膨れ上がった異常な魔力の反応を感知した。

「……緊急事態……」

「……生命の……許可……」

「……合……始……」

檻の中にいるはずの三年生たちの声は細切れでほとんど聞こえず、ルウの勘が〝危険〟だと警鐘を鳴らしまくっていた。

「全員逃げろ！　レオノール！　全力で防壁を張れ!!」

ルウのいつもの余裕が消えた警告に異常事態を察知する女子生徒の面々。すぐにその場から離れる者もいれば、咄嗟にお茶会会場を囲むように防壁を展開する生徒もいた。

ルウに名指しで指名されたレオノールは光の魔力を即座に展開し、仮設出張所内にいるギルド職員も守るように大きな結界を形成した。

そしてなんとかギリギリ結界の展開が間に合い、ルウが気合を入れて檻の強化をしたと同時。

『――発射』

凄《すさ》まじい魔力の爆発が発生。ルウが作った檻を吹き飛ばしながら地面を揺さぶり、巣穴を崩壊させたのだった。

■

「アレクはどこに行ったのよ！」

「この魔道具、本当に使えるんですの？　全然反応しないですの！」

合流用の魔道具を頼りにアレクの後を追いかけていたリナたちだったが、ある時を境に急に反応しなくなった。巣穴の最深部に潜んでいた魔物がエミリーを仕留めるためにばら撒《ま》いた〝毒〟の魔力。それが魔道具の探知を阻害していたのだ。

「ちょっと待ってね～」

アレクの身に着けている魔力物質を目印にしようとしても、アレクの制服や武器も破壊されている。

「うう～ん、こっちかな～？」

だが、幸いアレクに渡した三人の指輪だけは破壊されずに残っていた。その指輪の発するわずかな魔力を感知して巣の内部をウロウロしているのだった。これも同様に毒の魔力のせいで感知がしにくくなっていた。

「こんな巣、ぶっ壊してしまえれば楽なのに……!!」

「全部凍らせて必要な部分だけ溶かせばなんとかなりませんの？」

「ちょっと待って～、今変な音が――あっ!!」

愛《いと》しい相手に会えない時間が苛立《いらだ》ちを募らせる。もういっそのこと自分たちで壁も床もぶち抜いてしまおうかと思ったその時、リナたちの頭上から大量の土砂が降ってきた。崩落が始まったのだ。

三人が土砂に埋まりそうになったところで、金色に輝く雷のドームが出現してガッチリと土砂を受け止めた。土砂に埋もれても三人が潰れることはなかっただろうが、借りている魔道具が壊れる可能性はあったのでミラのファインプレーである。

土まみれになるのを回避した三人だったが、そんな状況でもリナとアナスタシアは大喜びだ。

「やった！　これでこの巣を破壊しても問題ないわ！　ミラ、アナと代わってアレクがどの方角か教えなさい！　全部燃やしてやるわ！」

「天井はわたくしが凍らせますわ！　リナ、やっておしまいなさい！」

「ちょ、ちょっと待ってね〜。たぶんあっちなんだけど、距離がよくわかんないから少しずつお願い〜」

探知役のミラ、発掘役のリナ、補強役のアナスタシアの三人で連携して巣を掘り進めていく。時間はかかるが着実に彼女たちはアレクの元に近づいていた。

何か忘れている気がするがたぶん問題ない。

もしかしたら崩落した巣のどこかで貴竜たちが埋もれているかもしれないが、無駄に頑丈な貴竜たちだからきっと自分たちで何とかしているだろう。

さて。

結局女王の間も崩壊してしまい、現在はエミリーちゃんがなんとか維持しているシェルターの中でみんな丸まっている状態です。うん、実は魔物ちゃんも一緒にいる。

なんで魔物ちゃんが暴れないいんだ！　とか、魔物ちゃんは属性魔力を持っているんだから魔物ちゃんの魔力で土砂を吹っ飛ばしてしまえばいいだろ！　とか思うかもしれない。

でもそれは無理なんだ。魔物ちゃんの魔力は特殊属性。セレスママの〝生命〟属性と似ている〝毒〟属性の魔力なんだよね。

以前〝貴竜《きりゅう》の属性魔力は物理破壊が非常に得意だ〟という話をしたと思うけど、逆にセレスママの生命属性の魔力は物理的な破壊力を持っていない。だから同じように特徴を持つ毒属性の魔物ちゃんも物理的な破壊ができないいんだと思う。

だから、このシェルターを壊しちゃうと押し寄せる土に埋もれてしまう。それがわかっているから大人《おとな》しくしているんだろうね。

まあ、他《ほか》の理由としては魔物ちゃんが暴れたら僕が懲らしめるっていうのもあるけど。僕は毒効かないし真正面からぶつかれば魔力量の差で絶対に勝つ。

そんなわけで頭上の土砂を退《ど》けるにはエミリーちゃんになんとかしてもらうしか方法がないんだけど、毒の魔力に侵されているのでそこまでの魔力を出せない。結局、こうして小さなシェルターの中で丸まっているしか方法がなかった。

「ううう……どうしてこんなことになったの……。せっかく勝負に勝てたのに……このまま土の中で誰《だれ》にも知られずに死んじゃうんだわ……。やっぱり私なんかなにしてもダメなんだ……」

で、さっきからエミリーちゃんがめっちゃ悲観的でウザい。魔物ちゃんもさっきからジト目をしっぱなしだよ。

エミリーちゃんがメソメソしている間に怪我《けが》の治療をしたけど問題はなさそう。さすがレオノールお姉様が渡してくれたポーション、効果はバツグンだ。魔物ちゃんに引っかかれてできた傷が数は多かったけど深い傷でなかったこともあって、すぐに塞《ふさ》がってしまった。

「さてと。エミリーちゃんに打つ手はないみたいだし、こうなったら僕が一肌脱ぐしかないようだね」

「えっ……何か方法があるの？」

「うん。僕にいい考えがある」

まあ、救出を待つのも一つの手ではあるけど。空気生成用の魔道具も飲み水を出す魔道具もあるし非常食のお菓子もあるから、たぶんしばらく持つ。

ただその前にエミリーちゃんが絶望して心が折れてしまいそうだから、こうするしか方法がないんだ！　非常事態だから仕方ない！

「エミリーちゃん！　ここから出る方法が一つだけあるよ！　僕の魔力をエミリーちゃんに供給するから、毒に侵されていない魔力を使って頭上の土砂を全て吹き飛ばすんだ！」

「魔力を供給……？　そんなことが可能なの？」

「大丈夫、ちゃんと方法はあるよ！　その方法とは――」

そう。何を隠そうここはあの伝説の――

「〝セックス〟！　雄の魔力を雌の魔宮で受け止めて自分の魔力に変える行為！　つまりこの部屋は〝セックスしないと出られない部屋〟なんだよ！！！」


〝セックスしないと出られない部屋〟始まります！


「……い、意味わかんない！　セックスしないと出られない部屋って何よそれ?!」

「そのままの意味だよ。僕とセックスをしたらここから出られる。僕たちが助かるためにエミリーちゃんには僕とセックスしてほしいんだ」

「え、え……でも、だって……そんな……」

デモデモダッテと渋るエミリーちゃんにちゃんと説明していく。雌竜は魔宮（子宮の魔力版）に雄竜の魔力を受け止めて、自分の魔力と馴染《なじ》ませて子供を作る準備をする。この時、雌竜の魔力は本来の魔力にプラスして雄竜の魔力まで使えるようになり、普段以上の魔力を発揮する。

〝番《つがい》の竜に手を出すな〟という言葉があるが、番になった雌竜はこの魔力供給を受けて強力になっているから手を出すなという意味もあるし、雄竜に手を出せば怒り狂った雌竜が報復に来るぞという警告でもあるのだ。

実際にこれは効果があるようで、僕の無属性魔力は特に馴染みやすいのか、リナちゃんたち三人の魔力は同学年の女子の平均を大きく上回っているらしい。エミリー親衛隊のチンピラたちに襲われた時にリナちゃんたちに安心して後を任せられたのもこの魔力増強法のお陰だね。

「そういうわけで、僕の魔力を分けるからそれを使って毒を中和するというのが唯一の方法なんだよ！」

「理屈はわかる……理屈はわかるのよぉ……。でもぉ……」

これだけ丁寧《ていねい》に説明したのに土壇場で怖気《おじけ》づくエミリーちゃん。こうなったら仕方ない。

「よっと」

「な、ななに?!　なにするのよ！」

「さっき言ったでしょ。ここから助かるためにはこうするしかないって。僕もこんなところで死にたくないからこうするしかないんだよ」

「ぜ、絶対嘘《うそ》でしょ！　あんた、笑ってるもん！　絶対嘘よ！」

バレたか。まあバレるよね。

「でもこんなところで死ぬ気がないのは本当のことだから。ほら、こっちもやる気満々だし」

「ひいっ！」

残念ながら毒の魔力のせいで服までボロボロになってしまった。開き直って大きくそそり立つ男のシンボルをエミリーちゃんに見せてみる。

「な、なんでそんなになっているの、この変態！」

「変態で結構」

エミリーちゃんを抱き寄せ、唇を重ねる。目をギュッとつぶって体を強張《こわば》らせている。

「ん、ん。……なんでキスするのよ……。脱出するのに必要ないでしょ」

睨《にら》んでくるけど可愛《かわい》いだけだ。もう一回唇を落とす。

「エミリーちゃんにキスしたかったからだけど。深い意味はないよ」

「ん、んん～！　むぐぅ～！」

今度は唇を貪るように、舌を中に入れて絡《から》ませる。両手で僕の体を押して離れようとするけど、毒の影響のせいか弱々しい。

「……やだぁ……」

ピンクのブラウスをたくし上げて再びエミリーちゃんのおっぱいとご対面。両手で揉《も》みしだきながらキスをしていると泣きが入った。

「もうやぁ……するならしなさいよ、なんでこんなことするのぉ……」

「エミリーちゃんが可愛いからだよ」

僕に好き放題に嬲《なぶ》られて涙目になっているエミリーちゃんが可愛い。

「かっ?!　う、嘘よ！　また私のこと騙《だま》そうとしているんでしょ！」

ただ可愛いって言っただけでなんでこんなこと言われているんだろう。

「いやいや、本当だよ。エミリーちゃんはすごく可愛い。キスしたい。エッチしたい。僕の子供産んでほしい」

「こっ?!」

一瞬フリーズした後、真っ赤な顔で睨んでくる。

「ば、馬鹿《ばか》言ってないで、早く入れなさいよ！　さっさと魔力をよこしなさい！　この部屋から出るために仕方なくやるんだからね！」

「はーい。うん、いい眺め」

シェルターの床部分に寝転がるエミリーちゃん。ブラウスのボタンは大きく開《はだ》けられ、黒いスカートは大きくまくって、可愛いピンクのパンツが僕の目の前に晒《さら》されている。淫紋《いんもん》は半分くらいしか見えていないけどこっちも色が薄い感じ。

「見るなぁ！　さっさとしろぉ！」

エミリーちゃんに嫌な顔されながら思い切り中出しするというご褒美。癖になりそう。

「それじゃあエミリーちゃんの処女をもらうね」

「そういうことをいちいち言わないでよ、バカ！」

僕に腰をがっしりと抱えられて最早《もはや》逃げ場のないエミリーちゃん。涙の浮かんだ瞳《ひとみ》で睨まれながら、ゆっくりと肉棒をパンツに押し込んでいく。

ぷつぷつ……ずずずっ……

「あ……ああ……入ってくる……本当に私の中にこいつのが……」

魔力が込められていないせいでとても柔らかいパンツをあっさりと突き破り、エミリーちゃんの中に入っていく。感覚としては膣肉《ちつ》が硬い。濡《ぬ》れてはいるんだけど狭くてすごく擦《こす》れる。

「ん、ぐっ、中で拡げられて……！　は、はやく、終わらせてぇ……出して……」

エミリーちゃんの両手が僕の両腕に添えられて、弱々しく握りしめてくる。毒の影響で力が入らないんだろう、目を瞑《つぶ》ってただ耐えるしかない。

「あと半分くらいだから、もうちょっとだけがんばろうね」

「ま、まだ半分なのぉ?!　も、もうムリ、……ああっ!!」

なかなか入っていかないし、エミリーちゃんが途中でちょっと弱音を吐いていたけど、エミリーちゃんの処女を奪っていると思うとすごく興奮するね。

「エミリーちゃん、全部入ったよ。よく我慢したね」

「はぁっ、はぁっ……や、やっと入ったぁ……それじゃあ、早く中に出して……」

「うん、このまま出すよ。しっかり受け止めて」

「ううぅ……はやく、はやく出しなさいよ……」

入れただけでもうイキそう。魔力を注ぐために必要だから我慢する必要もないしね。

エミリーちゃんに涙目で睨まれながらの中出し懇願。なんかちょっといいかも。あ、そうだ。

「ねえエミリーちゃん。『……』って言ってよ。そしたらすぐに出せそう」

「はあ?!　バカじゃないの?!　なんでそんなこと言わないといけないのよ！」

「その方が僕が興奮するんだ。ね、すぐに中出しするからお願い」

「ううう……わかったわよ、だからさっさと射精しろ、変態！」

罵られながら腰を動かし始める。一度奥まで貫いたから動きもスムーズだ。エミリーちゃんに種付けするための動きだ。

「ほら、セリフセリフ」

「このぉ……ん、んん――アレク。早くあんたの子種を、私の子宮に注ぎなさい！」

顔が赤い。

「あ、あんたの赤ちゃんがほしいの！　さっきからあんた専用の赤ちゃん部屋でいつでも妊娠できるように準備しているんだから！」

グイグイと亀頭の先でエミリーちゃんの子宮を刺激する。

「んぅ♥　――わ、私のオ○ンコも、子宮も、全部あんた専用で、いつでも使っていいんだから！」

僕の腰の動きに合わせてエミリーちゃんの声が震えて、それがすごくエッチで。

「だからぁ、はぁ♥　あんた専用だって、わ、私の子宮に……たっぷり注いでぇ、あ、あ♥　あんたの子種で……私に……妊娠させなさい！」

ビュルルルルルル！！！　ビュルルルルッ！！！

「あ、あ……出てる……～～～～～～～～ッ！！！」

この雌を妊娠させたいと思った瞬間、エミリーちゃんの中に大量の精液を射精していた。ビュルビュルッと精液が噴き出す度にエミリーちゃんの黒い淫紋が輝き、膣全体がギュウッと締まって絞り出そうとする。

「あ、な、なにこれ！　ンンッ！　ッアア!!」

ビクンビクンと体を震わせるエミリーちゃん。僕も思わぬ気持ちよさにエミリーちゃんの体を抱きしめる。

「はぁ……はぁ……い、いまのは……いえ、それより、これで魔力が……？」

荒い呼吸で返事をしながら、エミリーちゃんが魔力を操ろうとするけど、失敗した。

「あれ？　な、なんで……ちゃんと中出ししたのに……」

「エミリーちゃん」

「なによ、あんた……んっ♥　な、なにをおぉっ♥」

ぐちゅ、ぐちゅ、ぐちゅ……

さっき出した精液が潤滑油となって気持ちよさを増したエミリーちゃんのオ〇ンコをかき混ぜていく。淫紋の上で手を添えて腹部をマッサージする。

「僕の魔力を受け止めるだけじゃダメなんだよ。自分の魔力と馴染ませて混ぜ合わせないといけないんだよ」

「あっ♥　あっ♥　ま、魔力を、混ぜる？　なに、それぇ♥」

「ほら、こうやって……お腹《なか》の中に集中してみて」

「んん……♥　あぅぅ……♥」

チンポで子宮を刺激し、手のひらで外から魔力に刺激を与え、少しでも僕とエミリーちゃんの魔力が混ざり合うようにする。

「ひぃ♥　これ、魔力♥　本当に混ざって♥　やら♥　しげきしないで♥」

魔宮の中で魔力がぐるぐると混ざり合う感覚にエミリーちゃんが驚いている。

「ダメダメ、中出し一回じゃ魔力が足りないからね。もっと回数をこなす必要があるからもう一回やるね」

「あっ♥　ひっ♥　ま、まってぇ♥　なんかへんなの♥　さっきとちがう♥」

「大丈夫だよ。エミリーちゃんが変になっても可愛がってあげるから。我慢しないでいいよ」

突き入れる度に具合が良くなるエミリーちゃんの膣肉。僕のチンポに合わせて柔らかさと吸着性を兼ね揃《そろ》えて吸い付いてくる。まるで僕専用のオーダーメイド品みたいだ。

「エミリーちゃんの中、すごくよくなってきた。二回目もすぐに出しちゃいそうだよ。たっぷり中出しするからちゃんと魔力を混ぜてね」

「ふぁ♥　まって……へんなの……そこだめ…………アアア――ッ！！！♥♥」

ドプドプと再び中出しをする。エミリーちゃんの淫紋が嬉《うれ》しそうにピカピカ光り、色が濃くなっていくのに比例するようにエミリーちゃんの感度も増しているようだった。

淫紋に手を添え、チンポで刺激を与えて、しっかりと魔力も混ぜ合わせていく。

「ひゃぅぅぅぅ……ぁぁぁ……♥」

魔力を混ぜ混ぜしている間、虚空を見つめて声にならない声をあげているエミリーちゃん。完全にとろんとしたメスの顔を晒している。その顔、すごくチンポにくる。

「エミリーちゃん、ほら三回目だよ。この部屋から脱出するためにがんばって！」

「やら、まって、これへんになるから♥　おねがいだからまって♥」

じりじりと逃げようとするエミリーちゃんに覆いかぶさり、唇を重ねる。エミリーちゃんのオ〇ンコには僕のチンポがずっぽりと突き刺さり、完全に孕《はら》ませ体勢に入っている。

ずんずん腰を動かしながら狙《ねら》うのはエミリーちゃんの子宮と魔宮。体の奥の奥まで僕の色に染めていく。

この部屋から出る代わりに、エミリーちゃんの赤ちゃん部屋を完全に僕専用にしちゃうね。

■

「エミリーちゃん、気持ちいい？　気持ちいいでしょ？　僕のものになるって言って？　帰ってからもいっぱいエッチしてあげるからさ」

「あっ♥　ま、まけにゃい♥　だれが♥　あんたにゃんかにょ♥　れっらい、やらっ♥」

ぐっちゅ！　ぐっちゅ！　ぐっちゅ！

僕とエミリーちゃんが出した液体でぐちょぐちょのオ〇ンコをこんなにかき回しているのに、まだエミリーちゃんは素直になってくれないね。

「でもほら、エミリーちゃんの中、もう僕専用になっちゃってるんだよ？　こんなにオ〇ンコぴったりになったんだからもう結婚するしかないよね」

「おっ♥　ひっ♥　あ、あっ♥　んあっ♥　ああっ、ああああっ♥」

あんなに初々《ういうい》しさに溢《あふ》れていたエミリーちゃんの膣肉はすっかり僕の形に変わってしまい、奥に突き入れるだけで鈴口と子宮口がディープキスをしてしまう。ちょっとぐいぐい押し込むだけで愛液と嬌声《きょうせい》が溢れ出る。

「引き抜こうとすると膣肉がカリ首に引っかかっていかないでって引き留めてくるし、オ○ンコだけじゃなくてエミリーちゃんも早く素直になろう？」

「んひいい♥　おにゃかがひっぱりゃれて♥♥　やめえええええ♥♥」

僕の肉竿《さお》の形にあわせて掘り抜いたかのようなエミリーちゃんの膣肉は、一番奥は亀頭の形にジャストフィットするように柔らかく包み込み、入り口部分は容赦なく締め付けてくる。抜き差しすると狭い部分にカリが引っ掛かるのもとても気持ちが良い。

「あー。また出る。たっぷり注いであげる。可愛い赤ちゃん作ろうね」

「ふあっ♥　られが、あんらの……♥　ただの、まろくほきゅう、なんだから――んああぁぁぁぁっ！！！♥♥♥」

ドビュッ！！！　ビュルルルルッ!!

エミリーちゃんの子宮に容赦なく中出し。もう十回くらい出したかな。お腹の中が僕の精液でたぽたぽになっていそう。

淫紋もかなり濃くなってきたね。お腹をナデナデしてあげるとその感触でまたビクンビクンとエミリーちゃんの体が跳ねる。

「ひゃあっ♥　あああああああああ♥♥」

何度も何度も中出しする度に僕の魔力を混ぜ混ぜしたせいで、僕に中出しされただけで魔力を混ぜ合わせる癖がついちゃったね。完全に手遅れだ。早く孕ませたい。

「大分混ざってきたと思うけど、どうかなエミリーちゃん？　そろそろ脱出できそう？」

「うぐぅ……も、もう少しで、いけそう……かも……。ん、キスするなっぁ……へんたいぃ……」

エミリーちゃんが目を瞑って自分の魔力を探り、感触を確かめている。中出し治療の効果で毒影響が薄れているみたいだ。

「もう少しか。じゃあもう一回中出ししようね」

「も、もういいんじゃない？　もう少し待ったらたぶん大丈夫だと思うの……」

エミリーちゃんが身をよじらせるけど、僕とエミリーちゃんの結合部はしっかり繋《つな》がったまま。チンポの根元まで刺さっていて、そのくらいの動きだとただ気持ちいいだけ。

「いやいや、甘いよエミリーちゃん。何事も治りかけが肝心なんだ。残留している毒のせいで悪化する可能性だってあるんだから、やりすぎなくらいでちょうどいいんだよ」

「はぁ、わかったわよ。あんたの変態せーえき♥　ぜんぶ私のなかにっ♥　だしちゃえ、バーカ♥」

エミリーちゃんに可愛く罵られ腰を動かす。癖になりそう。オ◯ンコをズポズポするのが最高に気持ちいいよエミリーちゃん。

あ。また出る。出る――

「見つけたー!! アレクー！！！」

あ、リナちゃん。ごめん、今エミリーちゃんに中出しするから少し待っててね。

「え、ちょ、ちょっと待って――あああああああああああああああ!!♥♥♥」

はー……。気持ちいい。最高。

■

「心配したんだからね！ もう！」

「ごめんねみんな。迎えに来てくれてありがとう」

「旦那様《だんな》ぁ……お会いしたかったですのぉ……」

「アレクくん……やっと会えたぁ」

こんな地下深くまで迎えに来てくれたリナちゃんたちと抱きしめ合い、キスを交わす。大事故で離ればなれになった後の感動の再会だね。

「まってっ♥ なんれっ♥ まだわたしにっ♥ ぬいてぇ♥ ぬいてええ♥♥ んひううううう♥♥♥」

みんな来ちゃったからもう終わりでいいんだけど、最後にもう一回出そうかなと思ったのでチンコはエミリーちゃんに入れたままにして、みんなとキスしている。亀頭でお腹の奥をぐりぐり押しつぶすと可愛い声で鳴くんだよね。

リナちゃん、ナーシャちゃん、ミラちゃんの順番でベロチューしてお互いの無事を確かめる。

「ひっ♥　やら♥　まらぁ♥　ぬいて、ぬいてよぉ♥　だしちゃや……やあああああああああ♥♥♥」

ビュルルルルルルル!!

もう出口があるから必要ないんだけど、最後の中出しも気持ち良く終了。しっかり魔力を混ぜて馴染ませるのも忘れない。

よし、これで全部終わったし、みんな地上に戻ろうか！

「ひぐっ、ぐすっ、なんれ……なんれわたしだけぇ……こんなめにあうにょ……ぐすっ……」

オ〇ンコから精液を溢れさせながら涙を流すエミリーちゃんを魔物ちゃんが可哀《かわい》そうなものを見る目で眺めているけど、二人とも地上に戻るからさっさと準備しようね？

■

帰還前にリナちゃんの炎で全員の体を綺麗《きれい》さっぱりと洗浄。精液の臭いとかさせていると鼻の良い貴竜たちにバレてしまうから後始末は大事だね。

ぐすんぐすん言っているエミリーちゃんももう自分の足で歩いている。あ、もちろん僕の新しい服もリナちゃんたちが作ってくれたよ。

「よっこいしょ」

戦利品の魔物ちゃんを肩に担いでリナちゃんたちが作った道を上っていく。

「ねえアレク。その猫どうするの？　なんだか死んだ目をしているけど」

「ペットにしようかなって。このまま寮に連れ帰ってセレスママに許可をもらうつもりだよ」

「へー。でもなんか変な猫ね」

全身から力を抜いてデロンとしている魔物ちゃんをリナちゃんが不思議そうに見ている。

こう見えて並みの雑竜《ざつりゅう》くらいなら圧倒する魔力量と、仕込みの時間さえあれば貴竜だって仕留められる恐るべき魔物です。

「ちょ、ちょっとあんた！　そのデカい猫を連れて行くつもりなの？　危ないじゃない！　襲われたらどうするのよ?!」

「大丈夫だよ。ちゃんと面倒見るし、暴れたら僕が始末するから」

ちょっと魔力を込めて撫《な》でてあげたらビクッと魔物ちゃんが体を震わせた。

どっちが上かしっかり理解しているようだね。エミリーちゃんとのセックス中も大人しくしていたし、後で首輪をつけておけば問題ないと思う。

「わたくし、猫を飼うのは初めてですの！　領地でもこんな大人しい猫はいなかったですの！」

「ん～。なんかこの猫……う～ん。アレクくんがいいなら別にいいのかな～？」

ナーシャちゃんもミラちゃんも賛成のようだし、新しいペットが増えるのは決まりだね。魔物だからトイレの躾《しつけ》とかエサに何を食べるとか悩む必要もないのが素晴らしい。

「うう……なんでそんな能天気なの……こんな魔物、寮に入れるなんておかしいのに……」

エミリーちゃんがブツブツ言ってるけど文句を言えるだけの元気があるのが凄《すご》いと思う。

■

「おい、お前！　姫から離れろ!!」

「ん？　あれ、まだ生きてたんだ」

もうすぐ地上の出口というところで懐かしい顔ぶれが現れた。記憶の中より随分と男前になっているけど例の三人組で間違いない。

「ひーくん、すいくん、ふーくん?!　どうしたのその傷?!　何があったの?!」

赤髪ヤンキーは全身黒焦げで髪が燃えて禿《は》げになっているし、青い眼鏡《めがね》はところどころ体が凍っているみたい。指とか耳とか凍傷になってないかな？　緑のチャラ男はなんか知らないけど髪の毛モジャモジャのアフロにイメチェンしたっぽいね。

「姫ちゃんの目が赤ぃ……お前が姫ちゃんを泣かせたのか……。雑竜のくせに、ぜってえ許さねえ……！」

「どうせ、その三人の力を借りてミミ姫の依頼を妨害したのでしょう。なんと性根のねじ曲がった雑竜なのか。やはり今すぐ処分しなければ」

いやいやいや。巣の中でいきなり襲ってきてこっちの妨害しようとしたのを棚に上げて、なんともまあ呆《あき》れる言い草だ。

「みんな待って！　大丈夫！　勝負は私の勝ちだったから！　だから心配しないで！」

「退いていてくれ、姫！　これは男と男の戦いなんだ！　テメエも男なら女の陰に隠れてねえで真正面から勝負しろ、この糞野郎《くそ》!!」

なんか三人組が勝手に激昂しているけど、勝負そのものはエミリーちゃんの勝利で終わっているし、僕が付き合う必要ないよね？

「えーと、ひーくんだっけ？　リナちゃんたちに勝てないから雑竜の僕を狙って〝男と男の戦い〟とか言っているんでしょ？　それって貴竜の男としてどうなの？　勝てない相手から尻尾《しっぽ》を巻いて逃げて、弱そうな相手にしか喧嘩《けんか》を売れないって恥ずかしくないわけ？」

「な、なんだとお！！！　もう勘弁ならねえ、死ね！！！」

ヤンキーの火球に合わせて眼鏡とチャラ男もこっそりと攻撃を放っていた。一緒に攻撃にさらされた魔物ちゃんが恐怖で身を固くするけど、特に問題ない。

反撃をしようとしたリナちゃんたちも制して、練習の成果を披露することにした。

「これ、まだ威力の調整ができないんだけど。まあ自業自得だと思って反省してね」

君たちの相手をしてあげる必要はないけどさ。リナちゃんたちのことをバカにしていたの少しだけ聞こえていたんだよね。三人にたっぷりお仕置きされたみたいだけど、僕もみんなのことバカにされて怒ってるんだよ。

お腹の奥に抑え込んでいた大量の魔力を汲《く》み上げた。ここからならもう出口が見える。射角を上げているので僕の攻撃で誰かを巻き込む心配もない。

魔力が体を駆け巡り、ネックレスにかけられた指輪のうち、リナちゃんの赤、ナーシャちゃんの蒼《あお》、ミラちゃんの黄の三色の指輪に流れ込んでいく。

「〝魔力同調〟」

それぞれの指輪に込められた三人の魔力――火、氷、雷の三つの属性に、僕の無属性の魔力を混ぜて同調させる。

今、この指輪に込められているのはリナちゃんたちの魔力でもあり〝僕の魔力〟でもあるという状態に陥っている。

この状態の魔力を制御するのはすごく難しいんだけど、指向性を持たせてぶっ放すくらいなら今の僕でもできるよ。

「準備完了――発射っ!!」

赤・蒼・黄の三色の属性魔力が混ざり合って一筋の真っ白なビームになり、僕に迫っていた攻撃を呑み込んで突き進む。

「な、なんだこりゃ?!?!」

「ば、馬鹿な!! ただの雑竜がなぜ属性魔力を?!?!」

「やべえ! 避《よ》けねえと……」

「残念。今更避けようとしてももう遅いよ」

僕から反撃が来ると思っていなかったのだろう。三人の姿が光の奔流の中に消えて――

「うーん。ちょっと間違えちゃったかな?」

少しだけ制御をミスったようで、地上の出口付近がまるまる吹き飛んでしまっていた。

たぶんあの三人以外に巻き込んだ人はいないと思うけど……ギルドの職員さんとか、間違えて巻き込んだら消し飛びそうだし、もっとちゃんと制御できるようになるまで引き続き封印しないとダメだね。

ん？　エミリーちゃんに魔物ちゃん、変な顔してどうかしたの？

「あ、あんた！　今の使えば脱出できたじゃない！！！」

再起動したエミリーちゃんが食ってかかってくるけど、残念ながらそう簡単にいかないんだよね。

細かい調整が効かないから〝頭上に落ちてくる土砂だけ消滅させる〟みたいな細かいことができないんだ。砲撃の方向を決めて全部吹き飛ばすことだけで精一杯。

もしもこのビームを頭上に撃てば地上の広範囲を吹き飛ばしていた。ギルドの職員さんやお茶会を開いていたお姉様たちも巻き込む可能性もある。ほぼ間違いなく死人が出るから使いたくても使えなかったんだ。

「うぐぐ……でも、でもぉ……！」

「まあそういうわけなんだけど、それよりあの三人はいいの？　手加減なしで撃ったからどうなってるかわからないよ？」

「あ……あーーー!!　ひーくん、すいくん、ふーくん!!　みんな大丈夫ーーー!?」

慌ててエミリーちゃんが巣の外へ駆けていく。

あの三人のことよりも僕に文句を言う方に気を取られているなんてエミリーちゃんも薄情だなぁ。

まあ好き放題やらかしているあの三人は好きじゃないから別にいいんだけど。

「え……なにこれ……」

あれ？　エミリーちゃんの様子がおかしいな。

「どうかしたの……え？」

エミリーちゃんに遅れてみんなと一緒に外に出ると、地上は随分と様変わりしていた。ギルドの簡易出張所やお茶会会場は無事だけど、大地がすごい広範囲で陥没し、周囲の木々がなぎ倒されていた。

一体、なにがあったんだろう……？


巣穴から出て出張所に向かって歩いていると、金色と白色の二つの人影が飛び出してきた。

「ああ、アレクくん！　大丈夫だった⁈　怪我はない⁈」

「アレクくん、怪我はありませんか⁈　痛いところがあったら言ってくださいね！」

「あれ？　セレスママもいるの？　女子寮は？」

いつの間にやってきたのか、セレスママがレオノールお姉様と一緒になってひしと抱きついてきた。

なんだか二人ともお疲れの様子だね。

「大量に怪我人が出たと聞いて治療に来たんです。アレクくんは大丈夫でしたか？　怪我はありませんか？　どこかに傷はないですか？」

心配なのか僕の服を脱がそうとしてくるセレスママ。ワイシャツのボタンを外すくらいならいいけど、みんなの前でパンツまで脱がそうとするのは恥ずかしいからやめてほしい。そこはお触り禁止です。

「レオノールお姉様、何かあったの？」

「……あっ。ええ、実はアレクくんたちが中に入った後に突然三年生の男子たちがやってきて……」

ガン見していたレオノールお姉様に尋ねると、エミリーちゃんの助っ人に来たと言って巣穴の中に突入しようとして取り押さえられたらしい。

「なにそれ……私知らない……」

どうやらエミリーちゃんも知らないところで勝手に暴走したみたいだ。厄介《やっかい》なファンって怖い。悪質なストーカーかな？

「それで、取り押さえた時にルウちゃんが倒れてしまって……」

「ルー姉が?!」

「ルウ師匠が?!」

そんなまさか。ルウ師匠なら三年生の男子なんか何十人いても片手間で制圧できるはず。倒れるってどういうこと?!

「三年生の男子を入れていたルウちゃんの檻《おり》が中から大爆発を起こして、その爆発を抑えるために大量の魔力を使ったみたいなの。それでも完全には威力を抑えられなくて至近距離で衝撃を受けてしまって……。怪我はないけど、今ベッドで横になっているわ」

「そんな、ルー姉！」

「ルウさんでしたら魔力回復のために寝ているだけなので心配ありませんよ。……と、もう聞こえていないみたいですね」

　セレスママが説明をする前にエミリーちゃんが簡易出張所の中にすっ飛んでいった。ルウ師匠はこの中で寝かされているみたい。

　ちなみに簡易出張所の横に新しく天幕が張られていて、そちらは野戦病院のような有様になっている。三年の男子がいるみたいだけど、ベッドが足りずに地べたに敷いたシートの上に寝かされているのが見える。

「ふう……。どうやらアレクくんたちも怪我がないようなので、私は治療に戻りますね」

「わかったよ。セレスママもお仕事がんばってね」

　名残惜《なごり》しそうにしながらセレスママが天幕の方に戻り、治療を再開していく。あ、魔物ちゃんのことを話すの忘れていた。まあ後で会った時でいいか。

　天幕に転がっている三年生男子だけど、ルウ師匠の檻の中で大爆発を起こした張本人なのに、自分の爆発に巻き込まれて大怪我を負っていたらしい。

　ルウ師匠の作った檻を力業で壊したんだからとんでもない威力だったんだろうけど、自分の魔力で怪我を負ったりしないから余波に巻き込まれたのかな？

「でも三年生の先輩たちはどうやってそんな爆発を起こしたんだろう？　ルウ師匠以上の魔力を持ってる三年生なんていないよね？」

「それはわからないわ。三年生の男子は全員昏睡状態で魔力もほとんど使い切っていて話も聞けない状態なのよ」

全員が？　タイミングよく？　そんなことあるのかな？

「ただそうね、先ほどの〝三色の魔力の光線〟。あれに似ていたかもしれないわ。なんとなく、印象がね」

「〝魔力同調〟に、似てる？」

あれは僕の魔力を繋ぎにして相反する三つの魔力を混ぜ合わせた代物だ。普通なら絶対に起きない現象、貴竜の魔力は反発して混ざることはない。

レオノールお姉様はそれに似ていると言っている。

——でも、ルウ師匠の作った檻を吹き飛ばすことだって普通ならありえない。だから、数十人の貴竜が完全に魔力を同調して放てば、もしかしたら……？

「ルウちゃんはこの部屋よ。アレクくんも中へどうぞ」

「あ、うん。わかったよ」

僕は考え事を中断してルウ師匠が眠る部屋に入った。ベッドの横にエミリーちゃんと双子ちゃんたちがいる。

そういえばお茶会をしていたお姉様たちだけど、セレスママと入れ違いで女子寮に帰ったみたいだね。怪我人が大勢出て大変だから自重したみたい。

まあそれはともかく。

「ルー姉……ルー姉！　折角勝ったのに、アレクに勝ったのに……目を開けてよ、ルー姉ええええ！」

エミリーちゃんが泣きじゃくりながらルウ師匠を起こそうとしているんだけど、魔力回復中って言ってたからやめた方がいいんじゃないかな。すごく寝にくそうな顔に――あっ。

ゴツン！

「ぎゃん!!」

眠ったまま片腕を一振り。見事にエミリーちゃんの脳天に直撃して撃沈した。さすがルウ師匠、眠っていても強い。

□

「セレス様、新しい患者が運ばれてきました！　かなりの大怪我です！」

「わかりました。すぐに治療に当たります」

メタルアントの討伐中に大量の負傷者が発生したと学園に連絡があり、怪我人が学生だったこともあってセレスが治療にあたっていた。

怪我人は四十名以上。重傷者も軽傷者もごちゃ混ぜの酷い有様だったが、特に怪我が重かった者からセレスは治療に当たっていた。豊富な魔力を持つセレスだがそれでも限度がある。ある程度の段階まで治療したら後は自然治癒《ちゆ》でいい。貴竜の回復力ならそれで問題ない。

そうやって大勢の負傷者を治療していたセレスだったが、看護師の雑竜たちによって運び込まれた者たちの惨状に顔色を変えた。

「これはひどい……戦闘による怪我ですか……」

焼け焦げ、凍りつき、大量の電流が流れた跡が全身に残っている。末端部ほど顕著だったが、顔や胴体部分の怪我もひどい。

「まずは内側を……」

セレスが生命属性の魔力を負傷者の体に流し込んでいく。体の表面だけでなく骨や内臓にもダメージがいっているので、まずは内側からだ。

真綿に水が染み込むように、生命属性の魔力は反発することなく傷ついた体に溶け込み、急速に傷を癒《いや》していく。

ダメージを負っていた臓器が癒《い》えると今度は外傷の治療。内出血している部位なども多かったので全身に魔力を巡らせて回復させた。

「ここまでくれば命に別状はありません。ただ……」

生命維持目的ならもう十分だ。だが、完治には程遠い。

膨大な魔力によって指や鼻、耳などは失われ、目も白濁して光を失っている。髪の毛ももちろん消し飛んでいるので不気味なのっぺらぼうのようだ。

「……再生治療を行います」

こんな状態でも高位のポーションやセレスの魔力なら回復が可能だ。失われた部位でも再生できる。

ただ、魔力消費が大きかったりポーションの材料が希少で高額だったりするので簡単には行えない。

「他の患者たちもいるので魔力をすべて使うわけにもいきませんが、せめて出来る限りの治療を……」

そうして行われたセレスの魔力治療。限界ぎりぎりまで魔力を使い目・鼻・耳と指もなんとか再生することができた。

だが、治療はそこまで。彼らの頭頂部はツルツルテカテカで毛が一本もない。残念ながら毛根が死滅してしまい今後も禿《は》げたままになってしまうだろう。

そしてもう一ヶ所。指などと同じ体の末端部分、彼らの男のシンボルも全滅してしまい再生されなかった。

指などと比べると棒と玉を再生させるのに必要な魔力量が大きく、男根を回復するだけの魔力がなかったのだ。

命に別条がなく、問題なく日常生活を送れる。それがセレスの治療した最低ラインだった。

愚行を犯した代償をやがて彼らは知ることだろう。

11 勝負の行方

「勝負は私の勝ちよ！　さあ、アレク、約束を果たしてもらいましょうか！　さあさあさあ！　早くしなさいよね！」

ルウ師匠のベッドの横でドヤ顔で勝ち誇るエミリーちゃん。あんまり騒ぐとまた叩《たた》かれるよ。

とはいえ、勝負に負けてしまったのも事実。ルビスちゃんに近寄らないことと、ルビスちゃんと一緒に何をしていたのか教えないといけなくなってしまった。

チラッとルビスちゃんの様子を見ると、悲しそうな顔をしているのに何も言い出せずにいる。

「う～ん、教えるのはいいんだけどさ。ねえ、ルビスちゃんはこれでいいの？」

「……わたし？」

「ちょっと！　近づくなって言ったでしょ！」

「近づいていないよ。話をしているだけ」

エミリーちゃんが怒っているけど、見ての通り一歩も近づいていないし。ただ話しかけただけですよ？

「うぐぐ……こ、こいつ……！」

「まあエミリーちゃんは置いておいて。僕はルビスちゃんはもっとわがままになっていいと思うんだ」

「……わがままに？」

僕の知っているルビスちゃんは好奇心旺盛でどんなことにも首を突っ込みたがって、お姉ちゃんのサフィアちゃんが大好きで、楽しいことが好きで——少しだけ、気を遣いすぎていると思う。

サフィアちゃんやエミリーちゃんに迷惑をかけないように、わがままを言わないように、心配させないように自分を抑えているように見えた。

「二人に心配かけたくないって思ってるのかもしれないけどさ、それってすごくもったいないことだと思うんだよ」

「……もったいない」

ルビスちゃんを見て、隣にいるサフィアちゃんを見て、エミリーちゃん、ルウ師匠、レオノールお姉様……そしてリナちゃんナーシャちゃん、ミラちゃんを見る。

僕がこの世界に来てから出会ったとっても煌《きら》びやかで魅力的な女の子たち。モブキャラとは違う。この世界の主役《ヒロイン》になれるポテンシャルを秘めている。

「やりたいことがあって、やれるだけの力があって、なのにやらないのはもったいない。人生はたった一度しかないんだ。〝今〟は今しかないんだよ」

僕が二度目の人生を得たのは望外の幸運にすぎない。ルビスちゃんたちに二度目があるとは限らないし、僕だって三度目があるとは思っていない。

そして、〝終わり〟は思った以上に簡単に、ある日突然、訪れる。

道を歩いていただけでトラックが突っ込んでくるように。

子供のほんの気まぐれで火達磨《ひだるま》にされるように。

見たこともない魔物がいきなり襲い掛かってきたり、絶対に大丈夫だと思っていた人が倒れていたり、本当にすぐそこに転がっているんだ。

「だから、ルビスちゃんもやりたいことをやってみようよ。いつか来る〝終わり〟の時を笑って満足しながら迎えられるように。『あの時ああしていればよかった』って後悔だけはしないように。ルビスちゃんももっと今を楽しんでみない？」

「……わたしは……」

黙り込んだルビスちゃんの手を、サフィアちゃんがそっと握った。

よく似た眼差《まなざ》しの青と赤の視線が交わる。僕にはわからない、双子だからこそ通じる何かがあるんだろう。

カタン、と小さな音を立ててルビスちゃんが立ち上がった。横から寄り添うようにサフィアちゃんが支えて、一歩一歩、恐る恐る歩みを進める。

そして、僕の前に立って――

「アレク先輩。わたし……やってみたいです……」

ぎゅっと僕の手を握った。

「任せて」

ルビスちゃんの頼みだ。最高に楽しませてあげないとね！

□

こそこそと楽しそうに内緒話をするルビスとアレク。その光景を見て、エミリーは自分がやったことはなんだったんだろうと落ち込んでいた。

ルビスのためを思ってやったことだったのに、結局は余計なお世話だったのだ。

「あ、あの、ごめんなさい、ミミお姉様。私が……」

「ううん、いいの……。サフィアちゃんに相談されて、勝手に暴走したのは私だから……」

がんばって、苦労して、空回って。結局何一つ上手《うま》くいかない。エミリーはいつもそうだ。

「……なにしょぼくれた顔してんだよ、ミミ」

「！　ルー姉！　目が覚めたの！」

ようやく目が覚めたルウが隣に座るエミリーに声をかけた。

「なんだその顔はよ？　勝負に負けたのか？」

「ま、負けてないし！　ちゃんと女王蟻《あり》を倒して勝ったんだから！」

女王蟻を倒した後にいろいろとあったが、それでも勝負の勝者がエミリーだったことに違いはない。

「そうか」

ルウが体を起こして手を伸ばす。

「やるじゃねえか」

優しくエミリーの頭を撫《な》でる。

「勝ったんなら笑えよ。堂々と勝ち誇ってやれ。よくやった」

「ルー姉……うわあああああああん!!」

エミリーは何とか笑顔を作ろうとしたものの、すぐに涙腺が決壊し、ルウの豊満な胸に抱きついて泣き始めた。

「笑えって言ってんのに……ったく。しかたねえな」

ポンポンと優しくあやし、エミリーの気が済むまで泣かせてやるのだった。

その光景を隣で見ていたサフィアも涙ぐみながら笑顔を浮かべていた。

■

「お待たせ、エミリーちゃん。サフィアちゃん。それじゃあ行こうか」

「行くってどこによ?」

「ルビスの〝秘密〟を教えてくれるんですよね?」

「いいところかな。先に知っちゃうとつまらないでしょ」

ようやく準備が整った休日。エミリーちゃんとサフィアちゃんを連れて街に出た。

「竜神殿？　ここにルビスちゃんがいるの？」

二人を案内したのは竜神殿だ。非常に混雑しているけど貴竜《きりゅう》二人を連れて歩いていると勝手に他《ほか》の人が避《よ》けてくれて道ができる。よく訓練されているね。

「なんだか人が多い気が……それに見られているような……。私の気のせい？」

サフィアちゃんが周りをきょろきょろしているけど、目が合う前にさっと視線を逸《そ》らされる。ジロジロと見るようなマナー違反者はいなかった。

そのまま中に案内して二階へ。貸し切っているので誰《だれ》もいな――いや、レオノールお姉様がいた。

僕に棒状の魔道具を二つ渡すとそのまま一階に下りていく。準備で忙しいのにありがとうございます。

二階に用意された席はホール全体を見渡せるベストポジション。一階に大勢の人間がすし詰め状態で静かに佇《たたず》んでいるのが見えた。

「い、今の、レオノールお姉様よね……？　ねえ、あんた。ルビスちゃんはどこなの？　あの人たちなんなの？」

石のように微動だにせずただ静かに在り続ける人々に、エミリーちゃんの腰が引けていた。サフィアちゃんもその後ろにくっついて怯《おび》えている。何も知らなかったら恐ろしい儀式の準備でもしているように見えるかもしれないね。

「大丈夫、もうすぐだよ。――ほら、始まった」

フッとホールの照明が落とされ、ホールが暗闇《くらやみ》に包まれた。

だけどすぐに一筋の光が――スポットライトがステージに差し込み、鮮やかな明るい赤色の衣装を纏《まと》った美少女アイドルの姿を照らし出した。

「お姉ちゃーん！　ミミお姉様ー！　今日はわたしの、デビューステージに来てくれてありがとー！」

二階席にいる僕たちに向かって手を振るルビスちゃん。光溢《あふ》れるステージの上で、キラキラと輝くアイドル衣装に身を包んでマイクを片手に満面の笑みを浮かべている。

「ルビスちゃん、とっても可愛《かわい》いよー！」

目を真ん丸に見開いて固まっている二人の横で、ステージの上のアイドルに声援を送る。

「えへへ、ありがとうございます、アレク先輩！」

照れくさそうに笑ってアイドル衣装の裾を弄《いじ》りながら、練習通りのセリフを喋《しゃべ》る。

「あ、あの！　わたしの名前はルビスです！　今日はわたしの、アイドルデビューの日です！　みんな、思い切り楽しんでいってください！」

ぺこり、とルビスちゃんが頭を下げた瞬間。

「「「わあああああああああああああ！！！！！」」」

ホール中を揺るがすような大歓声が鳴り響いた。一階で石のように静かに佇んでいた観客たちがついに爆発したのだ。

あまりの声援にルビスちゃんがびっくりしてその場に跳ねる。だけど、すぐに一曲目の前奏が流れ始めて、ルビスちゃんは気持ちを立て直したのがわかった。

「それでは一曲目！　聞いてください！」

そして始まる彼女のステージ。

トレーナーを呼んで一生懸命練習した歌、いっしょに考えた可愛い振り付け。可愛い笑顔ももちろん忘れない。

ホールの中で僕とレオノールお姉様が魔力を補充したたくさんの魔道具が幻想的に輝き、舞台の横に控える奏者たちが歌と一つになって見事な調和を作り上げていた。

今日のコンサートに向けて一生懸命練習した成果がしっかり出てるね。

「エミリーちゃん、サフィアちゃん！　これを持って！　一緒に振るよ！」

「え？　え？　ライト？　なにこれ？　ここで何をしているの?!」

「──貸してください」

「え、サフィアちゃ……」

さっきレオノールお姉様が渡してくれたペンライトの魔道具を二つともサフィアちゃんが奪うようにして受け取った。

一階にいる大勢の観客も赤色のペンライトを用意してルビスちゃんの歌に合わせて振っている。

その動きに合わせるように、両手に持ったペンライトを振り被《かぶ》り。

「ルビスちゃーん!!　可愛いー!!　きゃあああああああ！！！♥♥♥」

溜《た》まっていたものが爆発したように声援を送る。　サフィアちゃんの声が聞こえたんだろう、嬉《うれ》しそうにルビスちゃんが手を振り返す。

「きゃあああああ！！！　ルビスちゃあああああん！！！♥♥♥」

グルングルンとペンライトが大暴走だ。二階を貸し切りにしてよかった。楽しそうで何よりです。

「みんなありがとー!!　大好きー！！！」

「「「わあああああああああ！！！」」」「きゃあああああああ！！！♥♥♥」

圧倒的な熱気が渦巻くホール。スポットライトの真ん中で輝く彼女はまごうことなきアイドルだった。

■

ルビスちゃんの熱唱によって会場が大いに盛り上がったところでステージの上に赤、青、黄色の人影が飛び出してくる。

「盛り上がっているわね。私たちも負けてられないわ！」

「まだまだライブはこれからですわ！」

「ルビスちゃん、二曲目は一緒にいくよ～！」

「はい、ミラ先輩！」

四人が並んでアイドルステップ。リナちゃんとルビスちゃんの綺麗《きれい》なハーモニーや、ナーシャちゃんの美しいソロパート。ミラちゃんの迫力満点のアクロバット。

炎と氷、雷と紅玉《ルビー》、四人の魔力を使ったパフォーマンスも披露されて大いに盛り上がる。

「う、美しい……生きていてよかった……」

「貴竜様……尊すぎる……」

一緒にコールを送って盛り上がる人だけでなく、感涙を流している人たちの姿もある。今回の観客は熱心な竜神教の信者さんたちを集めてみた。

竜神を崇《あが》める彼らにとって貴竜は神の子で信仰対象なんだけど、それとは別に貴竜ってみんな美人なんだよね。

男はイケメン、女は美少女。四人とも顔立ちが見目麗《みめうるわ》しいのはもちろんだけど、スター性というか、華があるんだ。それに加えて貴竜が放つ属性魔力は一般人からは神の力の一端と崇められているみたい。

そんな貴竜の女の子たちがステージの上で歌って踊って魔力を使ってアイドルライブしているんだから、信者の皆さんが感極まって泣いてしまうのもおかしくないってレオノールお姉様が言っていた。

実際にものすごい熱狂っぷりが伝わってきて、ライブを主催した側としてもここまで喜んでもらえるとやりがいがある。

「次の曲は――」

「ルビスちゃあああああああん！♥」

「もう、お姉ちゃん！　ちょっと静かにして！」

……でも一番熱狂しているのはサフィアちゃんかもしれない。どっぷりとライブに脳を焼かれてしまったようだ。今回のライブは大成功だね。……成功かなぁ？

「ルビスちゃあああああああフガフガー！」

「サフィアちゃん。ルビスちゃんもああ言ってるし少し静かにね？」

「フガー！　フガガー！」

うーん……もしかしてこの世界の人間にとって、アイドルは僕の想像以上の劇薬だった可能性が……？

いやまさか。そんなわけ、ない、よね……？

■

ライブは最初から最後まで大盛り上がりのまま終了した。興奮のあまりライブ中に倒れて医務室に送られた観客が出たりと多少のトラブルはあったけど、エミリーちゃんにもサフィアちゃんにも楽しんでもらえたと思う。もちろん、ルビスちゃんもね。

元々このライブは僕とレオノールお姉様が楽曲の発表の場として考えて、リナちゃんたちの協力もあって実現したものだったんだ。

そしてある程度ライブが形になった時に、たまたま女子寮で一人で暇そうにしていたルビスちゃんを発見。誘ってみたらホイホイついてきた上に、アイドルに興味があったみたいだからスカウトしたというわけ。

「ルビスちゃあああああん！！！　すごくよかったあああ!!　よかったよおおおお!!」

ルビスちゃんも悩んでいたみたいだけど、このサフィアちゃんの反応を見る限り、アイドルデビューしたことは間違ってなかったと思う。

「もう、お姉ちゃん、そんな大げさだよ。恥ずかしいからやめてよ……」

「だって、だって、私のルビスちゃんが……ルビスちゃんがあああ！！！」

感極まって抱きついているサフィアちゃんにちょっと困った様子で、でも嬉しそうな顔をしているルビスちゃん。二人の仲が良くて素晴らしいね、てぇてぇ。

「……ちょっとあんた、あれ、何なのよ……」

「ん？」

プルプル震えたエミリーちゃんが、何か言いたそうな様子で詰め寄ってくる。

「あれって？」

「だから、あの……舞台の上で歌ったり、ダンスしていたやつよ」

「アイドルライブ？」

「そうそれ！　アイドルライブってやつ!!」

ずずいと、顔を寄せてくる。距離が近い。

「わ、私も……。私もあれやりたい!!　アイドルライブしたい！！！」

ほほ～う？

エミリーちゃんも興味がおありで？　ほうほう。

でもね～。

「見てたらわかると思うんだけど、いろいろと準備が必要だからな～。やりたいって言われても……どうしようかな～？」

「くっ……！　な、なによ……何が望みなのよ……！」

僕が言いたいことを察したのか、両手で自分の体を抱きしめて警戒した様子を見せる。でもそんな態度でいいのかな？

「エミリーちゃんがどうしてもっていうなら、ね？　……あとで、エミリーちゃんの部屋に行くから。そこでゆっくりお話しようか」

「こ、この……！　女の子の弱みにつけこんで……変態……！」

ふっふっふ。そこではっきり断らないのが悪いんだよ。

「あの……アレク先輩」

「どうしたの、ルビスちゃん」

エミリーちゃんと楽しいおしゃべりをしていると、ルビスちゃんにクイクイと服の裾を引かれた。

「あの、わたし、お姉ちゃんと一緒にアイドルになりたいです……だめですか？」

「もちろん大丈夫だよ！　じゃあ早速トレーナーさんの予約入れて練習を始めようか！」

「はい！　ありがとうございます、アレク先輩！」

ルビスちゃんの可愛いおねだりに即座にＯＫする。双子のアイドルユニットとか絶対可愛いやつじゃん。好き。

「あ、あの、アレク先輩。ありがとう、ございます」

「がんばってね、サフィアちゃん。二人のステージを楽しみにしているよ」

サフィアちゃんもお礼を言ってくれたので、二人一緒に頭をナデナデ。可愛い。

「ん？　どうしたのエミリーちゃん？」

「あ、あんた……許さない！　一発殴らせなさい！」

なぜかエミリーちゃんが襲い掛かってきたので返り討ちにしてあげた。ちょうどいいからこのまま部屋までお持ち帰りしちゃおうか？


というわけでいろいろとあったけど、ルビスちゃんのアイドルデビューは大成功。サフィアちゃんもエミリーちゃんもアイドルを目指すことになったのでした。二人のステージも今からとっても楽しみだね。

12 ペット事情

「この子をペットに、ですか」

「うん。僕がちゃんと面倒見るからお願い！」

「うう～ん……そうですね……」

セレスママの部屋に魔物ちゃんを連れ込み、ぬいぐるみみたいに抱き上げてセレスママにアピール！　ほら、魔物ちゃんはこんなに大人《おとな》しいんだよ！　ちゃんと面倒見るし、世話もするからお願い！

僕の必死のアピールにリナちゃんたちも援護を加えてくれる。

「セレスさん。魔物を寮で飼ってはいけないという規則があるんですの？」

「いえ、そういう規則はありません。ですが……」

「大人しい子だよ～？　ちゃんと躾《しつけ》もするよ～？」

「そういう問題でもなくてですね……」

「もう！　何が問題なのよ！　はっきり言いなさいよ！」

「……アレクくん」

リナちゃんたちの質問攻めに口を濁してたセレスママだけど、覚悟を決めたように僕に視線を向けた。

「貴方《あなた》はこの子を飼うと言いましたが……この子がどんな姿でも、ちゃんと愛してくれますか？」

「もちろん。ちゃんと愛して可愛《かわい》がってあげるつもりだよ」

魔物ちゃんを背後から抱きしめて絶対に離さないアピール。僕いい子にするから！　お願い飼ってママ！

「……そうですか。でしたら、飼育の許可を出します。学園には私から報告をしておきますね」

「やった！　ありがとう！」

ようやくセレスママのお許しが出たので正式に魔物ちゃんは僕のペットになったよ！　やったね！

「では、浴室に移動しましょう。まずは綺麗《きれい》に体を洗ってあげますよ」

「了解！」

ヒョイと魔物ちゃんを抱きかかえて温泉の洗い場に移動した。

ここでしっかりと体の隅々まで綺麗にするんだ。

「それではアレクくん。まずは皮を剥《は》いでください」

「はい。こうかな？」

手刀を作って魔物ちゃんのお腹《なか》に突き入れた。あっさりと皮を貫通する。

「フギャアアアア！？！？！？！？」

「はいはい、暴れないで。大人しくしてねー」

いきなりお腹に手を突っ込まれた魔物ちゃんが暴れるけど押さえつける。魔物ちゃんがまき散らす毒の魔力はセレスママが中和している。属性が似ているからこういう芸当もできるみたいだね。

「よいしょっと」

ビリビリビリビリ！！！！

「ギャアアアアア！！！！」

両手で皮を掴《つか》んでそのまま真っ二つに引き裂いていく。お腹から頭、股間まで裂けていき……中から女の子が出てきた。

「よし！　猫耳ちゃんゲットだぜ!!」

「ギャウ!?　フシャアアアア！！！」

濃紫の髪にピンと尖《とが》った猫の耳、腰から伸びた長い尻尾《しっぽ》、瞳孔が縦に伸びた金色の猫の瞳《ひとみ》。耳と尻尾以外は人間そっくりの美少女が腕の中にいた。

その足元に転がっていた毛皮——魔力物質でできた猫の着ぐるみの残骸が溶けるように魔力に還っていった。

「あ～。なるほど～。どうりで骨格が変だと思った～」

後ろで見ていた三人の中でミラちゃんが納得したという風に頷《うなず》いている。まあ、わかる人にはわかるよね。かなり精巧な着ぐるみな上に魔力でできているから動くギミックまで搭載されていたけど、それでも人の骨格と猫の骨格だと全然違うし、抱きしめれば中に人がいるって簡単にわかったよ。

「……どういうことなの？」

「こ、この子が猫の振りをしていたんですの……？」

リナちゃんとナーシャちゃんは一部始終を見ていたのに理解が追いついていないようだ。まあ、かなりのレアケースらしいから二人が戸惑うのもわかる。

「いいえ。この子は魔物です。魔物と人の間に生まれた子供なんです」

「にゃ……？」

セレスママが猫耳ちゃんの頭に触れると、それまで騒いでいたのが嘘《うそ》のように静かになった。どうやらセレスママが猫耳ちゃんに魔力を送っているようだ。

「時折、こういうことがあるんです。魔物の親に育てられて、自分も同じ魔物だと思い込んでそのまま育つことが。無意識のうちに先ほどの毛皮のような──〝外殻〟を魔力物質で作り出し、親の魔物と同じように振る舞う子が……」

「にゃぅ……ふにゃぁ……」

セレスママの魔力が気持ちいいのか、目を瞑《つぶ》って大人しくしている。可愛い。

「ずっと毛皮を纏《まと》っていたのを剥がされたんです。まだ外の刺激に慣れていないのでしょう。アレクくんも優しく体を洗ってあげてくださいね」

「わかったよ！」

石鹸《せっけん》を取って両手で泡立てていく。セレスママに言われた通りに優しく、タオルを使わずに素手で洗ってあげよう。さあ、綺麗になろうね、猫耳ちゃん。

猫耳ちゃんはミネットという名前にした。たしか子猫って意味だったと思う。

「にゃぅ……ふにゃあああ……」

温泉に浸《つ》かったミネットが気持ちよさそうにしている。やはり温泉はいい。すっかり馴染《なじ》んでいるね。

「アレクくん。ミネットちゃんですが、しばらく私が預かっても構いませんか？」

「セレスママが？」

温泉にふやけていく猫を眺めていたところ、セレスママが預かりたいと言ってきた。

「あの子は野生育ちですから寮生活にすぐには慣れないと思うんです。ですからしばらくは私がつきっきりで面倒を見て教育しようと思います」

「セレスママが面倒を見てくれるなら助かるけど、いいの？」

「はい。大丈夫です。任せてください」

正直に言うと、セレスママの申し出はすごく助かる。

ミネットが使う毒属性の魔力は、セレスママの生命属性の魔力で中和することができる。エミリーちゃんの体に少しだけ残っていた毒の魔力を治した時に判明した。

だからもしもミネットちゃんが何かの拍子に毒属性の魔力をばら撒《ま》いてしまった時に、セレスママが側《そば》にいてくれたらすぐに治療ができるってわけ。

ミネットちゃんをどういう風に教育したらいいのかもわからないし、セレスママにお任せしちゃうのが一番な気がしてきた。

お湯の中で蕩《とろ》けそうになっているミネットちゃんをセレスママに渡すととっても嬉《うれ》しそうに笑う。

やっぱりペットって可愛いよね。

□

学園都市にある漆黒の館の執務室で、十代後半ほどの見た目の若い女性が報告書に目を通していた。緑の黒髪をかるく結わえ、着ている服はビジネススーツのようなピッチリした格好に黒縁眼鏡《めがね》をかけている。ちなみに視力は悪くないので伊達《だて》眼鏡である。

「特殊属性〝毒〟を持つ人型の魔物か。メタルアントの討伐時に雑竜《ざつりゅう》の少年が捕獲、セレスが監督となって所有を許可……ふむ、まあ問題なかろう」

――魔物。魔力を持つ動物。

様々な姿かたちの魔物がいるが、ごく稀《まれ》に人と獣が混ざったような姿の魔物が誕生することがある。一部で〝獣人〟とも呼ばれているが、王国では人権を認めず家畜・ペットとして扱われている。

王国領土では貴竜《きりゅう》・準貴竜《じゅんきりゅう》・雑竜だけが〝真竜《しんりゅう》の血を引く魔力を持った人間〟として扱われ、魔物が人間として扱われることはない。ミネットもまた人間ではなくアレクのペットという立場に落ち着いた。

ミネットは危険な毒属性の魔力持ちだが対抗属性のセレスが監督すると書類に書かれていた。それならば都市内が毒で汚染されることもないだろうと女性は目を通した書類を問題なしの箱に入れたのだった。

「はぁ……」

怜悧《れいり》な印象を与える若い女性――この街の領主であるプラティナの前にはまだまだ多くの書類があったが、その中の一通の報告書を読んで深いため息をついた。

「どうしてこんなに馬鹿《ばか》しかいないんだ……」

ギルドから緊急依頼を出して学園の生徒たちに蟻《あり》の魔物の討伐を任せた。これはいい。領主や直属の騎士が直々に出張るほどの強敵でもないのだから、対処できる人間が担当するのはごく普通の対応だ。

依頼を受注した人間同士で功績を争った。これもよくあることだ。竜は競争心が強いので往々にして争うものだし、それで士気が上がるのならむしろ良いことだろう。

問題は次だ。本来の予定にない多くの学生たちが依頼に参加しようと詰め寄り、それを止めようとした学生と戦闘に突入、その余波で蟻の巣穴を崩落させた。

「これで依頼が失敗していたらどう責任を取る気だったんだ、こいつらは……！」

たまたま幸運にも巣の崩落前に女王蟻を仕留めることに成功したが、もしも討伐が間に合っていなかったらどうなるか。

女王蟻の部屋で大量の蟻が産まれ、新しい通路を掘って地上に蟻の大群が現れるだろう。そして学園都市の周辺――つまりプラティナの領地のあちらこちらを食い荒らし、あるいは学園都市の真下を掘り進んで都市のど真ん中に蟻たちが現れていただろう。

そうなった時に被害を出さずに蟻の大軍を駆除しきれるという保証はない。

「巣が崩落したせいでアントメタルの採掘も手間がかかるし、このことは覚えておくぞ、貴様ら……」

メタルアントが生み出す金属アントメタル。入り口付近の黒色のものは大した価値もないが、巣の奥深くに使われているものは魔力を帯びていて使い道がいろいろある。だから蟻の駆除が終わった後に回収される予定だったのに回収計画も立て直しだ。

「……む。これは……」

仕事を増やした三年生の男子生徒たちの名前と出身地を控えていくと、生徒たちに共通点があることに気がついた。今の三年男子の多くは〝西部の小領地出身〟だったのだ。

「……跡継ぎの教育に失敗しているじゃないか。これだから騎士上がりは……」

今から十数年前のことだが、西部に〝魔王〟が出現した。

〝魔物の王〟という異名に相応《ふさわ》しく多くの魔物を従え、しかも魔王自身も特殊属性の使い手で非常に強力な個体だった。

さすがに魔王の軍勢が王国の中央部まで来ることはなかったが、最初の対処に当たった西部の貴竜たちは軒並み魔王に殺され、西部以外の王国各地から捻出《ねんしゅつ》した〝魔王討伐軍〟の活躍によってようやく事態が鎮静化した。王国の長い歴史の中でも滅多にないほどの被害が出た大事件であり、一般には〝魔王戦争〟と呼ばれている。

この魔王戦争で魔王に止《とど》めを刺した貴竜が西の大領地を治めることになり、同行していた多くの騎士は活躍に応じて領地や報奨金を与えられた。

今の三年生の親たちがまさにこの戦争に参加していた騎士だった。戦争で功績を挙げて領地を手に入れた男たち。彼らは戦争が終わると褒賞として領地を貰《もら》い、税金で食っていけるようになった後――領民の女たちを相手に腰の剣を振るって次代の種を仕込んだのだった。

これが三年生だけ生徒数が多い理由である。

ちなみに三年生に西部出身者が多い一方、今の四年生以上で西部出身者はほとんどいない。魔王の軍勢に一家丸ごと殺されてしまったからだ。

「あの騎士上がりどもめ……。領地の管理だけでなく跡継ぎの教育も失敗して、このままですむと思うなよ……」

ちなみに〝騎士上がり〟というのはこの場合蔑称である。強力な魔物を討伐して領主に任じられた力の強い騎士を示す言葉なのだが、上竜《じょうりゅう》学園で領主の勉強をせずに卒業し、領地の統治の仕方も知らない脳筋という意味で使われている。

前回の魔王戦争は魔王の死によって収束し、生き残りの魔物たちもほとんどが狩られて西部は落ち着いたはずだった。だが、たった十数年で新たな魔王と魔王軍が西部に誕生して、今も王国の平和を脅かしている。

その原因が領地の魔物を率先して討伐する立場にある新人領主たちが管理に失敗し、西部全体の魔物数が増えた結果、新たな魔王個体が誕生したというのがプラティナの推測だった。

そういうわけで、西の大領地の領主やその取り巻きどもに再び魔王を倒すように命じているが結果は芳《かんば》しくないというのに、今度は王国の中央に位置する学園都市のすぐ側で蟻の魔物の巣が発見されるという始末。

「南部の戦線は維持されているからただ迷い込んできただけだと思うが、念のために調査の手配をした方がいいか？」

南部の大森林は多種多様な魔物たちがひしめく魔窟である。女王蟻のような魔物が防衛線を突破して他の地域まで飛んでくるということも数年から十数年に一度くらいの頻度で起きていた。

その場合の対処は即殺一択。外来生物による被害が大きくなる前に素早く駆除するのが重要である。

「西部の魔王と交戦中の今、南部の魔物に王国内部を荒らされるなどたまったものじゃない。だというのに、こいつらは!!」

四年生の問題児三人。エミリー親衛隊のヤンキー・眼鏡・チャラ男たち。

同時に巣に突入した依頼受注者の少年に巣の中で襲撃を行い、年下の少年相手に瀕死《ひんし》の重傷を負わされて今は学園の医務室で治療中だ。

そんな彼らの扱いについて、セレスから質問状が届いていた。

『命は取り留めたけれど頭髪と生殖器を喪失しています。回復には多くの魔力が必要ですがどうしましょう？』

治療の是非を問うセレスの手紙。プラティナが回復するように指示を出せば即座にセレスが回復させただろう。

だが。

「そんな愚か者の種などいらんわ！　一生去勢されてろクズどもめ！」

学園都市にいながら王国中に目を光らせている彼女にとって、一時の感情に任せて暴れまわるような輩《やから》は邪魔者以外の何者でもない。

「ふん、去勢された方が気性が落ち着くというしな。こいつらにはいい薬だろう」

こうして問題児たち三人は学園の支配者の怒りを買い、〝回復は認めない〟という返信がセレスに届けられ、去勢継続が決定したのだった。

13 姉妹の話

あのライブの日から姉の様子がおかしくなった――。

ルビスは誰《だれ》にも相談できず、一人悶々《もんもん》と悩んでいた。

「アレク先輩、おはようございます」

朝食の時間に真っ先にアレクに挨拶《あいさつ》をするサフィア。他《ほか》にも仲のいい先輩はいっぱいいるのに、真っ先にアレクのところに向かう。

「おはよう。サフィアちゃんも今からご飯？」

「いえ、飲み物を取りに来ました」

手に持ったジュースのコップを見せる。でもそれはただの口実に過ぎないとルビスは知っている。

「それでアレク先輩、レッスンの成果を確認してほしいんですけど、お時間はないですか？」

「レッスンの？　また新しいことを覚えたの？」

「はい！　トレーナーさんからも許可を貰《もら》えました！」

「すごいね。この調子だとデビューもかなり前倒しになりそうだ」

「早くルビスと一緒にステージに立てるようにがんばります！」

姉がレッスンをがんばっているのも本当。トレーナーから許可を貰ったのも本当。ただ、ここまで頻繁にアレクに見てもらう必要があるのかルビスにはわからない。

飲み物を取りに来たと言ったまま、楽しそうにおしゃべりをする姉の姿をじっとルビスは見ていた。

「ねえ、聞いたルビス！　アレク先輩は雑竜《ざつりゅう》だけど、同学年の男子よりも強いんだって！」

「……誰から教えてもらったの？」

休み時間。どこからともなく仕入れたアレク情報を教えてくれる姉。

「ミラお姉様！　聞いたらいっぱい教えてくれたの！　やっぱり男の人は強さが大事だよね！」

「……そうだね、お姉ちゃん」

今まで姉からそんな言葉を聞いたことがなかった。怪しい。ものすごく怪しい。

「ねえ、ルビスはアレク先輩のことをどう思う？」

夜。同じベッドで枕を並べながら姉が聞いてくる。

「……優しい先輩？」

「あ、確かにそうだよね。ルビスのためにライブに誘ってくれたり、私たちのアイドル活動を支えてくれたり、とっても優しいかも！」

「……意外とお金持ち？」

「うんうん。魔力補給のお仕事でいっぱいお金を稼いでいるって言ってたし、あのライブチケットも大人気でお金がたくさん入ってくるみたいだよ」

「……」

「あと、あのライブの曲は全部アレク先輩が作曲した曲で、いろんな曲が次々と出てきて編曲が追いつかないって音楽家の人たちがね――」

姉がおかしい。おかしくなった。

ルビスにはそうとしか思えなかった。


そして、翌朝。

「……お姉ちゃん、早くご飯食べようよ。お腹空《なか》いた」

「あ、うん、そうだね。ご飯取りに行こっか」

アレクに話しかけようとする姉を遮り、バイキングの朝食メニューを取りに行く。

途中でアレクとニアミスしそうな場面もあったが、その時は無理やりルビスが間に割って入って会話を断ち切る。

(……お姉ちゃんは渡さない……! お姉ちゃんは私のお姉ちゃんなんだから……!!)

今まで必ず自分を優先してくれた姉がアレクに夢中になっている。

その事実を認め、ルビスの中で嫉妬《しっと》の炎がメラメラと燃え盛っていたのだった。

だが、何度も何度も姉を離そうとするが一向に離れない。そのことに業を煮やしたルビスはついに直接対決に出るのだった。

「……お姉ちゃん。もしかして……アレク先輩のことが好きなの？」

「好きだよ」

誰の邪魔も入らないようにした二人きりの部屋。覚悟を決めて姉の真意を確かめたルビスだったが、無慈悲にも残酷な真実を突き付けられてしまった。

「どうして？　アレク先輩、雑竜だよ」

「そうだね。貴竜《きりゅう》じゃないけど……でも好きなの」

貴竜とか雑竜とか社会的な地位に囚《とら》われないサフィア。肩書に左右されずにまっすぐに相手を見つめている。

「すごくエッチだよ。お姉ちゃんにもエッチなことしようと狙《ねら》ってるよ」

「そうだけど……私も嫌じゃないし……。私ってちょっとエッチなのかも」

頬《ほお》を赤くして恥ずかしそうに笑う。時折アレクが向ける性的な視線には気がついていたが、嫌ではなかった。

「女の人にいっぱい手を出してる！　リナお姉様たちだけじゃない、ミミお姉様もやられちゃってるんだよ！　お嫁さんがいっぱいいるんだよ！」

「アレク先輩なら私とルビスの二人を一緒にお嫁さんにしてくれそうだよね」

「今はわたしのことはいいの！　お姉ちゃんの話をしているの！」

大好きな妹と一緒に大好きな人のお嫁さんになる。

サフィアはとっても素敵だなと思ったのにルビスに怒られてしまった。

「もう！　なんでお姉ちゃんはアレク先輩を好きになっちゃったの！　ずっと仲悪かったじゃん！」

「うーん……」

そもそもサフィアがアレクに突っかかっていたのは大切な妹に悪い虫がついたと思ったからだ。妹を悪漢から守らないといけないと思っていた。

「きっかけは、ルビスが楽しそうだからかな」

「……わたし？」

ずっとルビスの笑顔が見たいと思っていた。あの冷たい城から出て、ずっと楽しそうに笑うルビスを見たいと願っていた。

でも、自分はルビスを守ろうとして周りから遠ざけることしかできない。

サフィアが忙しかった時にルビスの相手をしていたのも、アイドルという新しい目標を与えてくれたのも、ルビスに笑顔をくれたのも、全部アレクだった。

「ルビスが一歩を踏み出す勇気をくれた人。生きる楽しさを与えてくれた人」

――そしていつか自分が死んでしまう時、笑って自分の人生を誇れるような、そんな生を送りたい。

そう考えている自分がいることに気がついた時、サフィアの中でアレクの存在がとても大きくなっていたことに気がついた。

「ルビスはアレク先輩のことが嫌いなの？」

「……別に、嫌いじゃないけど……」

むすっと不貞腐《ふてくさ》れたルビスがサフィアに抱きつく。大好きな姉が自分ではない他の誰かに目を向けているのが気に入らない。ただそれだけの幼稚な嫉妬。それを認めたくないのだ。

姉の〝一番〟はずっと自分だったのに、変わってしまった。それがイヤだった。

「私は好きだよ。アレク先輩も、ルビスのことも。みんな大好きだよ。ルビスはそれじゃあダメ？」

「……お姉ちゃんは、わたしのことも好きでいてくれる？」

「もちろん。何があっても、どんなことが起きてもずっと私はルビスのことが大好きだよ」

「……お姉ちゃん……」

ぎゅうっと抱きしめ合う二人。絶対にこの手を離さないというように、二人は固く抱きしめ合う。

（……そういえば、昔からお姉ちゃんってこうだったなぁ……）

姉の温もりを感じながらルビスは思った。

姉のサフィアは何でも全力で、いつだってまっすぐにぶつかってきて、好きなことを好きだってはっきりと言う人だった。

そんな姉がルビスは大好きで――変わってしまったと思ったけど、もしかしたら何も変わっていないのかもしれない。

〝大好き〟が増えただけで、サフィアがルビスを愛していることになんの変わりもない。

「ねえ、お姉ちゃん――」

そう思ったらルビスの胸の中のモヤモヤはどこかに消えてしまったのだ。

□

可愛いルビスは自分がどれだけ周りから愛されているのかたぶん気がついていない。でも妹はそれでいい、ずっとこのままでいて欲しいと思う。

それがサフィアたち家族の願いだった。


「アレク先輩がね、私にピッタリだからって新曲を教えてくれて、一生懸命練習しているんだけどなかなか歌えなくて――」

妹は変わった。昔みたいに物静かにボーっとしていることはなくなって、いつも忙しそうに、楽しそうに歌やダンスの練習をしている。

アレクに「アイドルなんだから自分のサインを作ろう！」と言われた時はずっと机の前にかじりついていろんなサインを考えていた。

サフィアはそういう姿を見る度に「この子ってこんなに情熱的だったんだ」と驚かされて、嬉《うれ》しくなる。ルビスの新しい一面を発見する度に嬉しくなった。

「それでね、私はこういう風にしてほしいって言ったんだけど、アレク先輩は全体の構成を考えたらこの場面には相応《ふさわ》しくないって反対して――」

この学園に入学していろんな人と出会って、新しい物事に触れて……それでも、ルビスが一番楽しそうにしているのはアレクのことを喋《しゃべ》っている時。

ルビス本人は気がついていないけど、アレクへの不満を口にする時も楽しそうで、それだけ信頼している証拠だとサフィアは知っていた。

こんなに可愛いルビスが大好きなアレク。

(だから私は、最後まであの人を信じてみようと思う)

「——真竜サフィール？　あの有名な宝石竜？」

寮の一室でルビスの目を盗んでこっそりと密会に成功したサフィアとアレク。

「そうです。アレク先輩は真竜と戦う覚悟がありますか？」

「急に覚悟と言われても困るけど……それがサフィアちゃんの条件なんだね」

「はい。私とルビスを守るために真竜とだって戦ってくれる人。それが私の条件です」

サフィアの愛する妹。可愛いルビス。そして〝青〟ではなく〝赤〟の色を持って生まれた、様々な不自由を強《し》いられてきた可哀《かわい》そうな子。

「今はまだサフィールはルビスの存在を知りませんが、もしも知った時にどういう反応をするのかわかりません。……最悪の場合はサフィールはルビスを認めず、殺そうとするでしょう」

始祖の恩恵にあずかって発展してきた貴竜サフィール家。

だが、サフィアたちの最大の懸念はルビスの存在を知った宝石竜サフィールが彼女を殺害しようとすることだった。

属性の〝変異〟。

基本的に子供の魔力属性は両親のどちらかの属性に準じるのだが、ごく稀《まれ》に両親の属性とは異なる属性を持った子供が生まれることがある。これを属性の変異という。

普通の貴竜家ならば属性の変異が起こってもそこまで問題にならない。属性が異なっても貴竜は貴竜であり、雑竜や一般人になるわけではない。また、珍しい属性が増えた場合は王国から祝福の使者がやってくることもある。

だが、これに始祖が絡《から》んでくると話が違ってくるのだ。

始祖である真竜にとって自分との血の繋《つな》がりを証明するものは魔力の属性しかなく、変異した属性を認めないもの、忌《い》み嫌うものもいる。

実際に風属性の真竜の家に変異属性である〝爆発〟属性の子供が生まれた際、真竜が怒り狂い生まれた子供を殺してしまったというケースも存在していた。

だから、サフィアの家族はルビスの存在を隠した。赤い色彩を持って生まれた歴史上初めての子供。〝サファイア〟ではなくて〝ルビー〟の属性を持った子供にサフィールがどう反応するのかわからなかったからだ。

城の中で隠されるようにして育てられ、親族との宴の席にも呼ばれず、息をひそめるようにひっそりと生きることを強要されていた愛《いと》しい家族《ルビス》。

「もしも宝石竜サフィールがルビスを殺そうとしたら、私と家族たちは命懸けで阻止しようと思っています」

たとえ力及ばずサフィールに殺されることになろうと悔いはない。ずっと寂しい思いをさせてしまった妹と最期の時を一緒に迎えよう。

ルビスには絶対に知らせることはできない、サフィアの、両親の秘めた想い。

「アレク先輩は真竜が襲ってきた時に戦えますか？　あの子を守ってくれますか？　……一緒に死んでくれますか」

「僕は――」


「それでね、アレク先輩がね」

好きな人の話を楽しそうに喋るルビス。

ずっとこんな日が続けばいい。

みんな一緒に、仲良く笑い合える日が続けばいい。

(あの時の言葉、信じていますからね。アレク先輩)

ルビスに内緒で交わした、サフィアとアレクの二人だけの約束。

『僕は誰にも負けない、世界最強を目指しているから。真竜だって恐れない。その宝石竜サフィールに勝って二人を守ってみせるよ。僕に任せて』

今はまだ、ルビスに言えない秘密の約束だけど。

全部の問題が解決して、大丈夫になったらルビスに教えてあげよう。

(自分だけ仲間外れにされたと知ったらルビスは怒るかな？　不貞腐れちゃうかな？)

もしかしたらまた喧嘩《けんか》してしまうかもしれないけど、それでもまた仲直りできる、そんな未来が来ると信じている。

14 デビューライブ

「うー、緊張するわ……」

開場前の確認も無事に終わり、ついにお客さんを入れてスタンバイに入る。エミリーちゃんはさっきから楽屋の中をうろうろ、今日が初めてのステージなんだから緊張して当然だ。

「大丈夫だよ。エミリーちゃんはとっても可愛《かわい》いからね。いつも通りにやればいいよ」

「……ふん。触るな変態」

エミリーちゃんのお腹《なか》をナデナデしたらベチンと手を叩《たた》かれました。ちょっと緊張をほぐそうと思っただけなのに。代わりに頭をナデナデしようとしたら再び叩かれたので一時避難。緊張は少し治まったみたい。

「二人とも調子はどう?」

「アレク先輩！　はい、大丈夫です！」

「うー……アレク先輩……」

同じ控室で時間が来るまで待っている双子ちゃんたちにも声をかけた。輝く笑顔を見せるサフィアちゃんと複雑そうな顔をしているルビスちゃんが対照的。

「ルビスちゃん、アイドルなんだからスマイルスマイル」

「わかってますよーだ」

プイッとそっぽを向かれる。サフィアちゃんとの間に入るのはしなくなったけどまだ複雑なご様子。

心配しないでもお姉ちゃんを取ったりしないよ。二人一緒にいただくつもりです。

というわけで、ルビスちゃんを抱きしめてみた。

「ん～～～～～～？！？！」

びっくりして固まるルビスちゃんをそのまま膝《ひざ》の上に乗せてナデナデ。

「……ふにゃぁ……」

三十秒も続けるとすっかり力が抜けて可愛くなったルビスちゃんの出来上がりだ。

「あの……アレク先輩……」

「うん、サフィアちゃんもおいで」

「はい♥」

ルビスちゃんを羨《うらや》ましそうに見ていたサフィアちゃんも招き、右手にサフィアちゃん左手にルビスちゃんの完璧な布陣が完成する。

「はあ……アレクさぁん……♥」

「アレクせんぱい、おねえちゃん……わたしもぉ……♥」

左右からギューッと抱きついてくる二人を僕も抱きしめ返す。

「――あんたねえ！　もうすぐ本番なのに何しているのよ!!」

「あいたっ」

バチンと脳天にエミリーちゃんのチョップが突き刺さる。

怒られてしまった……まあ実際に時間も迫っているので仕方ない。それじゃあ今日のライブ、思い切り楽しんでいこうね！


会場が開放されて観客席を確認すると、竜神教の信者さんたちに交じってエミリーちゃんの同級生たちの姿があった。僕に喧嘩《けんか》を売って返り討ちにあったあの三人もいる。

実はあの三人、外出許可が取り消されているらしいんだけど、エミリーちゃんが学園にどうしてもと頼み込んで今回のライブの時間だけ外出許可をもぎ取ってきたんだ。地味先輩も一度許可を取り消されていたけど、女王蟻《あり》討伐で真面目《まじめ》に仕事していたからまた外出許可を手に入れたらしい。

地味先輩ならともかく、あの三人組は呼ばなくてよかったんじゃないかなぁ。

「だって、ひーくんたち、あんたに負けてからずっと元気がなくて。少しでも元気づけてあげたいのよ」

なんてエミリーちゃんは言っていたけどね。自業自得なので反応に困る。勝負はエミリーちゃんが勝ったんだし、完全にただの私怨《しえん》だったよね。

まあそんなわけで、今日も僕は裏方スタッフです。僕の姿を見て万が一あの三人組が暴れ出したら台無しになっちゃう。

ステージに上がるのは今日の主役のエミリーちゃんとサフィアちゃん。そしてアイドル活動が板についてきたルビスちゃんの三人。リナちゃんたちは今回はステージに上がらず、後輩たちに晴れ舞台を譲った形になる。

そんな状況で幕が開いたライブ。

「みんなー！　ライブに来てくれてありがとう！　初めての人も何回も来ているよって人も、今日は応援よろしくねー！」

「「わあああああああああああ‼」」

ルビスちゃんの堂に入ったMCに古参のファンが歓声をあげ、初参加の面々はそれに目を白黒させて驚いている。

ステージ上で歓声を浴びるエミリーちゃんやサフィアちゃんは緊張で動きが硬いね。観客席の生徒たちも空気に呑《の》まれているみたい。

そんな様子を感じ取り、ルビスちゃんがどんどん煽《あお》っていく。

「みんなー！　声が小さいよー！　そこのお兄さんたちも声を出してー！　さん、はい‼」

「「わああああああああああ！！！！」」

「お腹の底から声を出して！　もっともっといけるでしょー！　応援！！！！　よろしくねー！！！！」

「「わあああああああああああああああああああああああ！！！！！！！！」」

ルビスちゃんに釣られて徐々に声援が大きくなっていく。学生たちも一緒になって、人間も貴竜《きりゅう》も関係なくステージのアイドルに声援を送る。

「それじゃぁ今日デビューする新メンバーの紹介をするよー！　一人目は私の大好きなお姉ちゃん！」

ルビスちゃんの紹介に合わせて、明るい色調のルビスちゃんの衣装に合わせた青い衣装を着たサフィアちゃんが飛び出してくる。

「サ、サフィアです！　よろしくお願いします！」

二人の可愛さを強調するお揃《そろ》いのデザインのステージ衣装はとても似合っているんだけど。

実はルビスちゃんがいつもペンダントにして首から下げている青い魔石の飾り、舞台の上では髪飾りにしてサフィアちゃんとお揃いにしているんだよね。そういうのとても良いと思います。

緊張で少し表情が硬いサフィアちゃんが頭を下げると、その初々《ういうい》しい様子が観客に受けている。温かな声援が多く飛んだ。

サフィアちゃんの紹介が終わったらもう一人。ピンクに黒の差し色が入った美少女アイドルが飛び出す。

「続いて二人目！　私がとってもお世話になってる大好きな先輩！」

「え、エミリーよ！　ミミって呼んでね。今日は練習の成果を精一杯見せるから楽しんでいってね！」

双子ちゃんたちが可愛さ重視だとするとエミリーちゃんはもう少し年上向け。ちょっとセクシーな雰囲気が漂うアイドルだ。可愛くてエッチなアイドルっていいよね。

エミリーちゃんが何度もこのステージを夢見て練習してきた自己紹介を披露する。

当然エミリーちゃんにも温かな声援が――

「ミミちゃあああああああああああああああああああああんんん！！！！！！」

――野太い声援が轟《とどろ》いた。なんだあれ。

「ぴっ⁉」

エミリーちゃんに対する強烈な想いが感じられる声援。

その声援は貴竜の学生たちが集まった一角、地味先輩……の隣に座っていた男子から送られていた。

「ミミちゃんがんばれ！　応援しているぞ！　ミミちゃあああああん‼」

「……あの人、あんなに叫べたのね」

「レオノールお姉様。知ってるの？」

「ええ。私たちと同じ七年生、男子の監督生をしている人よ」

いつの間にか側《そば》にいたレオノールお姉様が教えてくれた。なんとあの男子は男子寮の監督生。最上級生の七年生でありクラスでも真面目かつ寡黙な性格で知られているらしい。

その監督生の先輩が周りの生徒たちを圧倒するほどの熱量と大声でエミリーちゃんの応援をしていた。エミリーちゃん親衛隊の人たち完全に負けてるじゃん。応援薄いよ、何やってんの！　もっと声出せ三人組！

□

「ミミちゃん、がんばれー！」

「……」

まさかこんな大声で応援されるとは思っていなかったエミリーの頭が真っ白になっていた。

監督生先輩とエミリーが知り合ったのはつい最近だ。怪我《けが》の治りに時間がかかった三人組を心配してエミリーが看病をしている時に――地味先輩は三年生にボコボコにされたが、セレスの治療を受けてすぐに退院できるくらいに回復した――、監督生先輩が見舞いに来てバッタリと顔を合わせたのだ。

その時にほんの一言二言会話を交わしただけ。

そして、今日のライブに四年生たちを招待しているとどこかから聞いた監督生先輩が、彼らが何か問題を起こさないか見張るからと引率を申し出てくれて、エミリーが彼をライブに招待したという経緯があった。

だから監督生の仕事の一環として来ていただけだと思った彼が、誰《だれ》よりも熱心にエミリーを応援する姿に嬉しさよりも困惑の方が勝ってしまった。

「応援ありがとうー！　ほら、ミミお姉様も！」

「あ、うん。応援ありがとう！　今日はみんなの応援に負けないくらいすごいステージを見せるから期待していてね！」

言葉に詰まったエミリーをすかさずルビスがフォローする。ファンからの声援に戸惑っているアイドルの姿なんて見せてはいけないのだ。

フォローを受けて立ち直ったエミリーの姿に他《ほか》の観客もまた元の空気に戻り、あの大きな声に負けるなとのども張り裂けんばかりの応援が飛ぶ。

「みんな待ち遠しいみたいだからさっそく一曲目、いくよー！　全員で歌います、聞いてください！」

会場の空気が温まってきたところでルビスが一曲目を宣言し、観客たちが歓声でそれを迎えた。

すぐ横でルビスのことを見ていたサフィアは、そんな妹の姿を嬉しそうに見つめた後、元気よく歌い出した。

——盛り上がりに盛り上がったライブ会場。ルビスとサフィアの息の合ったデュオ、エミリーの初めてとは思えない完成度の高さが光るソロ。

そしてラストに三人全員で歌った曲はリナ・ナーシャ・ミラの三人がよくライブで歌う曲で、その新バージョンということもあって古参ファンが大いに盛り上がり、会場は熱気に包まれたまま終了した。アンコールも三回やったので大成功だろう。

「姫……最高だったぜ……」

「素晴らしかった……ただただ素晴らしかった……」

「今までで一番輝いていたよ、姫ちゃん」

ライブが終わった寂寥《せきりょう》感が漂う中、エミリーちゃんの取り巻きの三人は今日のライブを振り返る。

抜け殻のように気が抜けていた彼らの胸にもまだ熱が残っていた。

彼らだけの大切なお姫様だったエミリーがステージの上で見事に花開いた。彼女の姿に、アイドルとして見事にライブをやり遂げた姿に勇気を貰《もら》ったのだ。

「お前たち！」

「っ!? せ、先輩、なんの用ッスか？」

そして、エミリーのライブから熱意を受け取ったのは彼らだけではなかった。

監督生先輩が号泣しながら三人の前に立つ。

「俺《おれ》は決めたぞ！　卒業後は西に行く！　そして魔王を倒して領地を貰う！」

「は、はぁ……そうですか」

ほとんどの生徒は七年生に上がる頃《ころ》には進路が決まっている。監督生先輩も王国騎士として王都で任に就く予定だった。

だが、その進路を蹴って一人の騎士として西の戦地に向かうことに決めた。手柄を立てて領主になるためにはそれが一番早い方法だった。

「お前たちも連れて行ってやる！　手柄を立てれば褒美で治療を受けることもできるだろう！　お前たちも貴竜なら、男なら自分の未来は自分の手で掴《つか》み取ってみせろ！」

「ええっ?!　俺らも西へ?!　ちょ、いきなりそんなこと言われても……」

「時間がない！　出発まで俺がお前たちを鍛え直してやる。さあ、鍛錬場へ行くぞ！」

寡黙な胸の内に激しい熱意を抱える男、監督生にまで上り詰めた自他共に認める厳格な男はアイドルのライブに感化されて人生の転機を迎えた。

そして監督生先輩に引きずられて、三人組もまたその人生を大きく変えるのだった。
地味な先輩は止めた方がいいんだろうかと一人頭を抱えていた。

■

ステージに上がったルビスちゃんは元気溌剌《はつらつ》、先輩アイドルの貫禄《かんろく》を発揮して見事に会場を支配していた。途中でちょっとしたアクシデントはあったがそれも上手《じょうず》にカバーし、会場を沸かせる手腕には脱帽しかない。

新人二人はというとまずはサフィアちゃんだけど、あの子もかなりの舞台度胸があったようで堂々とパフォーマンスを繰り広げていた。歌もダンスも完璧でスターの予感しかしないけど、それ以上にルビスちゃんと一緒にステージに上がっていることが本当に楽しそうで笑顔が輝いていた。

アイドルがステージを楽しんでいることは見ている観客たちにも伝わる。ルビスちゃんとサフィアちゃん二人揃った舞台はそれぞれ単独でやる場合の何倍もの魅力を発揮していた。

そしてエミリーちゃんだが、とにかく応援団の圧力がすごい。物理的な衝撃を伴っていそうな凄《すさ》まじい声援がエミリーちゃんに向けられている。僕を襲ってきた三人組やあの地味な先輩も含めて勢ぞろいで、エミリーちゃんもそんな観客たちの姿を見て練習以上の実力を発揮していた。

■

「待って♥　んんっ♥　ま、まだライブ中で……アンコールが待ってるのにぃ……♥」

「ルビスちゃんたちが場を持たせてくれるから問題ないよ。すぐに済むから安心して」

「だ、だからって……こんなところ、他の誰かが来るかも……ああっ!!♥♥」

ライブが予定通りに進みアンコールが始まったところでエミリーちゃんを楽屋に連れ込んだ。そのままバックから貫いて腰を振っている。

パンパンパンパン
「エミリーちゃんが可愛すぎるからいけないんだよ！　だから仕方ないんだ！」

「そ、そんなの知らないわよぉ♥　あっ♥　ん～っ♥」

僕にはなかなか笑顔を見せないのに、観客席の男子たちに笑顔を振りまくエミリーちゃんにムラムラしたから仕方ない。

それに部屋以外の場所でエッチするとリナちゃんたちは本気で嫌がるけど、エミリーちゃんだからいいかなっていうのもちょっとだけ思った。

「もうすぐエミリーちゃんの出番だけど、もうちょっとだけかかりそう」

「はぁ、はぁ、す、すぐに済むって言ったのに……♥　は、はやく出しなさいよぉ♥」

「んー、もうちょっと……」

そう言っている間にも刻一刻とタイムリミットが迫る。ルビスちゃんたちの歌が終わり、次はエミリーちゃんの出番。会場のアンコールの声が聞こえてくる。

「すごい声だね。これならエミリーちゃんがエッチな声を出しても誰も気がつかないよ。良かったね、エミリーちゃん」

「ば、バカ言ってないで早く出してよぉ……！　うう……、ア、アレク……」

会場の声に背中を押されるように、エミリーちゃんは自分からお尻を突き出して言った。リズミカルにチンポを突き入れる僕を迎え入れ、なんとか一秒でも早く射精してもらおうと媚《こ》びた声を出す。

「ミ、ミミはアイドルだけど……アレクのお嫁さんになります♥　だからアレクの精液、エミリーの中にいっぱい出して……赤ちゃん、孕《はら》ませてください♥」

「くっ、エミリーちゃん……出る！　いくよエミリーちゃん！」

「うん♥　きて♥　アレクの赤ちゃん産むからぁ♥　エミリーのアレク専用オ◯ンコに中出ししてぇ！♥」

ビュルルルルル！！！　ビュルルル、ビュルッルルルルルルルッ！！！

「あああぁぁぁぁぁ!!♥♥♥　出てるっ!!♥♥♥　私の中で……アレクの赤ちゃん妊娠しちゃううううぅぅぅ！！！♥♥♥」

どぷどぷっとエミリーちゃんのお嫁さんアイドルオ◯ンコに子種を吐き出す。お腹に触れると僕とエミリーちゃんの魔力がぐるぐると混ざり合っているのも感じ取れる。魔力も遺伝子も混ぜ混ぜしちゃおうね。

「エミリーちゃん、アイドルデビューライブでママデビューだね」

「ん……アレクぅ……」

エミリーちゃんにキスをしようと顔を寄せると――

「あんたがああいうセリフを言えって言うから言ったんでしょ！　出したんならすぐに離れなさいよ!!　このバカ!!　変態雑竜《ざつりゅう》!!」

――バチーン！

「イタッ」

エミリーちゃんに思い切り叩かれた。魔力もしっかり込められていたのかかなり痛い。

「ああもう！　アンコールかかってるのに！　後で覚えてなさいよ!!」

パパっと魔力を使って身支度を整えると、先ほどの行為の余韻もどこへやら、あっという間にステージに向かってしまった。

『お待たせー！　みんなのアンコール聞こえてたよ！　ミミの歌を待っていてくれたみんなに感謝を籠めて――この曲を聞いてください!!』

会場の声を控室まで届けるスピーカーの魔道具からエミリーちゃんの歌声と観客たちの歓声が聞こえてくる。

さっきまでここでセックスしていたのにエミリーちゃんすごいなぁ。

また次のライブでもやろう。そう思った。

□

「ア、アレクくん……。こんなところで大胆すぎます……はぁはぁ……」

そんな楽屋での一幕をしっかり目に焼き付けていたエッチな雌貴竜がいることに、アレクはまだ気がついていないのだった。

15 混ざり合う色たち

赤と青の双子ちゃん姉妹。

ライブ終了後にそのままルビスちゃんの部屋にお邪魔した。三人で寝るのに十分なビッグサイズのベッドがあるけど、これと同じものがサフィアちゃんの部屋にもある。どっちの部屋でも一緒に寝れるようになっているらしい。

さて、そんなベッドの上で彼女たちをこれから食べるつもりなのだけど、ここで難問が発生しました。

そう、姉と妹、どちらから頂戴するかという問題です。

「アレク先輩、はやくぅ♥」

待ちきれない様子で期待に満ちた顔をするサフィアちゃん。

「アレク先輩、やっぱりお姉ちゃんからするんですか……」

悲しそうな顔で見つめてくるルビスちゃん。

ぬちゅっ、ぬちゅっ、ぬちゅっ……

ライブの際のアイドル衣装のまま、スカートの中に僕のチンポを突っ込んで左右からダブル素股

(パンツ装着中)をしてもらっている。

サフィアちゃんとキスをしているとルビスちゃんが寂しそうに僕の名前を呼ぶし、ルビスちゃんとキスをしているとサフィアちゃんがおねだりしてくるし、とりあえず一度出して賢者モードになってから考えようと思った。

二人とイチャイチャしながら腰を動かしていると、だんだんと声が蕩《とろ》けて感じてきたのがわかる。

「アレク先輩、なにか、なにかきちゃう♥ すごいのくる♥」

「やあ、怖いっ、お姉ちゃん、アレク先輩、はなさないでっ!♥」

二人の高まりに合わせて、僕も同時に絶頂を迎えた。

「「あ~~~~~~~~っ♥」」

スカートの中で見えないけど二人のお腹《なか》の上に僕の精液をぶっかけていく。淫紋《いんもん》も僕の色に染めるつもりでぬりぬりと亀頭を使って刷り込んでいく。

「……ん?」

はぁはぁと絶頂の予感に浸っていた二人の衣装が……色が変わっていく?

スカートを中心に赤と青の衣装が〝紫〟に塗り替わっていった。

明らかな異常事態。だけど、サフィアちゃんもルビスちゃんもぼーっとしたまま反応がない。

「どうなってるんだろう?」

サフィアちゃんの紫色の衣装を少し触ってみた。

「「あっ♥」」

「ん？」

ルビスちゃんのお尻を揉《も》んでみた。

「んん……♥」

片方しか触ってないのに、二人の口から同時に喘《あえ》ぎ声が漏れる。

「二人とも横にするね」

サフィアちゃんを下、ルビスちゃんを上にしてお股を全開。ルビスちゃんのパンツの上から指でグリグリしてみる。

「あひっ♥　ひゃっ♥　ああっ♥」

やっぱり、なぜか知らないけど二人の快感がリンクしている。

これはいい。ルビスちゃんを両手で掴《つか》んで弄《まさぐ》りながら、サフィアちゃんのパンツを破ろうとする。

「ん。なんか硬いな。でも大丈夫かな？」

「あっ……あっ……ああああぁぁぁぁっ♥♥」

思ったよりも丈夫なパンツを力任せにプチプチ破ってサフィアちゃんのオ〇ンコに侵入。初めて男を迎え入れる初々《ういうい》しさが溢《あふ》れる処女マ〇コは、サフィアちゃんの体の小ささもあって物凄《ものすご》くきつく締め付けてくる。

一番奥まで突き入れるとサフィアちゃんもルビスちゃんも二人一緒に声をあげた。ロストバージンも一緒なんて仲良し姉妹だね。

このまま種付けしてあげたいところだけど、奥まで貫通したところで一旦引き抜く。

「「んっ♥　ふぐ……んあぁぁぁぁ♥♥」」

一度抜いた後に今度はルビスちゃんのオ○ンコへ。やはり双子だからかオ○ンコの感触も似ているね。こっちもしっかりと処女をもらったけど、二回もロストバージンをしたせいか二人がポロポロと涙をこぼしてしまった。可愛《かわい》い。

ルビスちゃんのオ○ンコに僕のチンポの形を覚えさせてから肉棒を引き抜く。

「さて、それじゃあここからが本番だ」

「「ぅぐ……っ♥　あ、あ、あ……♥」」

まずはサフィアちゃんのキツキツオ○ンコにもう一回。小さな体にいっぱいのオチンチンを呑《の》み込んでちょっと苦しそう。

だからもっと気持ちよくしてあげないとね。

「「ぁ……～～～～～～～～～～っ♥」」

サフィアちゃんのオ○ンコにチンポを突っ込んで子宮を押し込みながら、ルビスちゃんのオ○ンコに指を入れて膣口《ちつこう》近くのGス○ットとクリ○リスを刺激する。

中と外と奥を同時に責め立ててあげたところ、声にならない声をあげて全身をブルブル震わせて二人が喜んでくれた。

オチンチンと指で感じる二人の絶頂中の膣の動きも一緒で、こんな風に締め付けているんだと新鮮な感動を味わった。

「とりあえず二人に一回ずつ中出しして、その後は朝までいっぱいエッチしようね」

「ひ、っ♥　っ♥　ぁっっ♥　んぁっ♥」

キツキツオ〇ンコもたっぷりの愛液が潤滑油になって問題ない。気持ちよく射精するための動きで子宮を責めつつ、ちゃんと快感も得られるようにオ〇ンコとクリ〇リスを優しく愛撫《あいぶ》してあげる。

二人が虚空を見つめたまま嬌声《きょうせい》を漏らすだけになっちゃったけど。たぶん気持ち良すぎて慣れてないだけだと思うから大丈夫だろう。

「そろそろ出るよ。しっかり受け止めてね」

「んあっ♥　あっあっあっ♥　あああああ～～～～～～～～～～♥♥♥」

びゅるるるるる～～～～～～～～～～！！！！

僕の中出しにあわせてしっかりと絶頂を迎える二人。一回中出ししてもリンクは切れなかったみたいだね。

サフィアちゃんの子宮に僕の子種をたっぷりと注いだ次はルビスちゃんオ〇ンコへ。

「んひぃぃぃぃぃ……♥」

まだリンクは切れないみたいだし、普通ならできない体位とかもできそうだね。二人に協力してもらっていろいろと試してみようかな。

■

「……うーん……」

翌朝。

ベッドで眠る二人を前に、僕はちょっと唸《うな》っていた。

「やりすぎたかも……これってやりすぎたせいなのかな？」

ベッドの上には赤と青の双子――ではなく、〝紫の双子〟が絡まり合うようにして眠っていた。

……途中までは覚えていたんだけど、どっちがルビスちゃんでどっちがサフィアちゃんだっけ？

「アレク先輩、おはようございます」

「おはよう……？」

朝日が昇って起きた二人に挨拶《あいさつ》をされるけど、困った。

眠そうな目を擦《こす》り、僕を見て、口を開く。そのタイミングが完璧に一致して表情まで一緒。

あれ？　なんかおかしいぞ？

「……二人とも、何か違和感とかない？」

「違和感……？」

首を傾《かし》げて体を見下ろし、紫色に染まった淫紋を不思議そうに撫でてから視線を横へ……。

「もしかしてルビス（お姉ちゃん）？」

ビックリした時の顔まで一緒。

「どうなっているの？」

鏡合わせの双子を見て、これはちょっと手に負えないなとセレスママの部屋に連れて行くことにした。

■

「これは……」

紫に染まった二人を見てセレスママが絶句する。

ごめんなさい。もっと早く連れて来れば良かったね。

「セレスママ。これってどうなってるかわかる？　元に戻るのかな？」

「……少し診《み》させてもらいますね」

「はい」

淫紋を見せた二人のお腹に手を当ててセレスママが診察を開始する。

その様子を固唾《かたず》を呑んで見守りながら、近くのソファで寝転んでいたミネットの猫耳を弄《いじ》る。

「……にゃ……」

なんだかため息をつかれたような気がするけどまあいいや。

真剣な様子で淫紋を診ていたセレスママが手を離した。

「今の二人は魔力が混ざり合った状態にあります。二人の魔宮が魔力のラインで繋《つな》がっていて、お互いの魔力を共有するようになっているんです」

「魔力の共有？」

「試しに魔力物質で球を作って見てもらえますか？」

「「はい」」

二人がそれぞれの手に魔力を集めて球を作るけど、明らかに普段よりも魔力の量が多い。リナちゃんたちに匹敵するほどの量だ。二人は自分が作った紫の魔力球を見て出来上がりに驚いている。

「「これは……」」

「これが魔力が混ざっている証拠です。女性の貴竜《きりゅう》は魔宮に他者の魔力を貯《た》め込み自分の魔力と混ぜ合わせることで魔力を増しますが、二人は双子だったので特に相性が良かったのでしょう」

リナちゃんたちが僕の魔力を受けてパワーアップしたように双子ちゃんたちもパワーアップしているみたいだね。……というか昨晩二人にたっぷり注ぎ込んだ僕の魔力も混ざってる気がする。サフィアちゃんとルビスちゃんの二人分の魔力だけじゃリナちゃんたちに匹敵する魔力は出せないと思うな。

「ねえセレスママ。今の二人の状態は魔宮が魔力のラインで繋がったからって言ったけど、なんだか性格も変わってない？　魔力のラインを切れば元に戻るの？　そもそも切る方法はあるの？」

二人の魔力のラインに関しては心当たりしかない。昨夜の二人の淫紋にぶっかけした後、衣装の色が変わり出した。あれでラインが繋がったんだろう。

ただ、魔力が混ざっただけにしては二人の反応が不可解だ。全く同じ表情、全く同じ動作でこんなにシンクロするようなことは今までなかった。

「おそらくラインを切れば戻る一時的なものだと思いますが……、魔力の影響によって性格が変化することは前例があります」

子作り中の女性貴竜の魔宮に夫の魔力が混ざった結果、趣味や嗜好《しこう》が変化したという例や、もっと直接的な例だと特殊属性の中に〝精神〟属性というものが存在するらしい。生命や毒の属性と同じく物理的な破壊力を伴わない属性だけど、魔力を使って相手の精神に干渉するという属性だ。

「魔力が精神にも影響を……そういえば、サフィアちゃんとルビスちゃんの魔力ってよく似ているから、そのせいで影響も大きかったのかもしれないね」

「「え？　私たちの魔力って似ているの？」」

「うん、二人ともよく似ているよ。色は赤と青で違うけど、魔力の本質的な部分がそっくりだと思う。やっぱり双子だからかな」

昨日も感じたけどこの二人の魔力って本当に色が違うだけでそっくりなんだ。ルビスちゃんは属性が変異しているってサフィアちゃんが言っていたけど、無属性の応用で他《ほか》の子たちの魔力を扱えるように練習している僕からすると二人の魔力は全くの同質と言っていいね。

「「私たちの魔力が、同質……」」

そんな僕の評価が予想外だったようで自分たちの淫紋を押さえたままの姿勢で固まってしまう二人。

「とりあえず先にラインを切ってしまいましょう。それで経過観察ですね」

固まる二人の背中を押して、セレスママが治療を開始した。

「治療ってミネットを使うの？」

「はい。魔力の繫がりを断つのに一番適している子ですから」

「んにゃぁ……」

セレスママが提案した治療法とはなんとミネットのことだった。

彼女の毒属性の魔力をラインに流し込んで切断するという。セレスママに手を引かれてソファから下ろされたミネットが二人の前に腰を下ろした。

ちなみに今日の格好はあの猫の魔物の着ぐるみではなく、セレスママの着ている白いエプロンドレスの色違いバージョン。濃い目の紫色だね。スカートの腰の部分に穴が開けられていてそこから尻尾《しっぽ》を出している。

「あは、あははは！　く、くすぐったい！　あははは！」

そんなミネットがサフィアちゃんとルビスちゃんのお腹、紫色の淫紋をペロペロ舐《な》めている。感覚共有が繋がっているので舐められていない方も一緒になって笑い転げているけど、可愛い女の子同士の絡《から》みもいいよね。

「はぁ、はぁ……くすぐったかったぁ……」

「はあぁぁ……終わったぁ……」

「あ、リンクが切れた」

二人のお腹をペロペロし終わったところでそれぞれの表情が変わる。サフィアちゃんは楽しそうで、ルビスちゃんは残念そう。元に戻って良かった。

「ああ……切れちゃったんだ……」

まだ紫から戻っていない淫紋をルビスちゃんが名残惜《なごりお》しそうに触る。

「……ねえルビス。今回のことはいい経験になったんじゃない？」

「え？」

「私とあなたの二人でこのラインを使いこなせたら、きっと凄いことになると思うの。だから、一緒に練習してみない？」

「私が……お姉ちゃんと一緒に……」

今回は偶然繋がって、切れてしまったラインだけど。

この二人ならきっと何度でも繋げられるようになる気がするね。次は精神まで影響を受けないように気をつけながら何度でも練習すればいい。

「ルビスちゃん。僕も練習に付き合うよ。使いこなせるようになるまでやってみよう？」

「……はい、わかりましたアレク先輩！　私、このリンクを使いこなせるようにお姉ちゃんと一緒に頑張ります！」

「うん、一緒に練習しようね、ルビス！　お姉ちゃんも頑張る！」

ルビスちゃんとサフィアちゃんが抱きしめ合いながら、新しい目標に向かって二人で頑張ることを決めた。僕も二人の練習のお手伝いをしよう。まずは当然、昨日の状況の再現からだよね？

■

あれから数日。サフィアちゃんとルビスちゃんの魔力の同調は順調に成果を上げていた。

最初は僕がお手伝いしていたけど、すぐにコツを掴んで僕の補助も要らなくなり、二人だけで行えるようになった。

魔力の同調には幾つかの段階があって〝二人の魔力が混ざっている状態〟、〝感覚が同調している状態〟、〝意識まで同調している状態〟の三段階になっている。

でも、二人の意識が同調していない状態で紫になった魔力を制御するのは非常に難しいということがわかった。

まあ普通に考えてわかるけど、混ざり合った魔力は〝一つ〟しかないのに魔力を制御する意識が〝二つ〟あるから混線しちゃうんだよね。

『船頭多くして船山に上る』という諺《ことわざ》があるけど、サフィアちゃんとルビスちゃんの意思がバラバラだと魔力もバラバラに動いてしまって全然思い通りに操ることができないわけだ。

それなら毎回意識の同調をすればいいと思うかもしれないけど、深い同調はあまりやらないようにとセレスママに言われている。だから焦《あせ》らずに少しずつ練習していくしかない。

「二人とも上手《じょうず》だね……その調子で頼むよ」

「「ふぁい……ぴちゃ、ぴちゃ……」」

そういうわけで、今は二人の練習に付き合っているところ。

ルビスちゃんが僕のオチンチンの亀頭を小さな舌で舐め回し、サフィアちゃんが裏筋を刺激するように何度も何度もなぞっていく。

息の合ったご奉仕コンビネーションに僕の射精欲が膨らむ。

「はむ……じゅぶっ、じゅぶっ♥ じゅるるるるっ♥」

ルビスちゃんが亀頭に吸い付き、音を立てて吸い上げると。

「はむぅ……れろぉ……♥」

サフィアちゃんは僕の玉袋を唇で弄《もてあそ》び、舌を広げて射精を促すように舐め上げる。

「うっ……！」

ビュルルルッ!!

「んっ♥　んぐ、んぐ……ゴクゴク……♥」

ちょっと苦しそうになりながら僕の精液を飲むルビスちゃん。

「ん……んふー♥　……はぁ♥」

その横でお口をもごもごさせながら、サフィアちゃんが満足そうな顔をしている。

今の二人は感覚の同調をしている状態だから、ルビスちゃんの口の中に僕が射精している感覚をサフィアちゃんも一緒に感じていることになる。意識の同調をしていないと同じ感覚でも二人の表情が違っていてそれもいいんだよね。

あと、感覚の同調をしているお陰か二人のコンビネーションは抜群で、しかもどんどん技量も上達していっている。二人分の経験を一度に経験しているから二倍の速さで上達しているのかもしれないね。

「次はサフィアちゃん、おいで」

「うん♥　アレク先輩、お願いします♥」

ルビスちゃんにゴックンしてもらった後、サフィアちゃんを抱き上げて膝《ひざ》の上に乗せる。

「あ……おっきい♥　アレク先輩の……♥　私の中に入って……んんーっ！♥」

サフィアちゃんのキツキツオ〇ンコを押し広げて中に入るとそれだけで嬉しそうな声をあげる。僕の体にぎゅーっと抱きついて離れようとしない。

「ぁぅ……おっきいよぉ……はぁ……はぁ……あ、んんん……♥」

一方、同じ感覚を送られているルビスちゃんは泣きそうな苦しそうな切なそうな顔。ささやくような声で小さく喘ぎながら、僕に縋《すが》り付くようにして必死に耐えている。

どっちも可愛いのでサフィアちゃんの腰を掴んでズポズポと動かしてしまう。魔力で繋がった二人の鳴き声がシンクロしてて可愛いね。

魔力同調の訓練、楽しいなぁ。

□

――魔力同調。

その力で猛威を振るう存在が西の最前線に存在している。

魔王軍。魔王という強大な魔物を頂点に据える魔物の集団だが、その中に特殊属性による魔力同調を用いて他の魔物を操る術を得意とする魔物たちが存在していた。

〝恐怖〟で支配し下僕たちを従える鎧《よろい》の魔物。

〝魅了〟を用いて多くの魔物を虜《とりこ》にした魔物。

〝変質〟によってただの動物を魔物に変えてしまう魔物。

〝融合〟によって魔物同士を融合させて強力な魔物を作り出す魔物。

この魔物たちの恐ろしいところは〝属性魔力持ちの魔物〟すらも自らの配下に従えてしまうことだろう。

強大な魔王の下に集《つど》った強力な四体の魔物たち。

王国はこの四体を〝魔王軍四天王〟と定めて最優先の討伐対象としているが、未《いま》だ一体も討伐されていない。西の最前線はまだまだ激戦が続くだろう。

16 卒業

「最近付き合い悪いんじゃねえか、ミミ」

「ル、ルー姉！　べ、別にそんなことない、デスよ……？」

「あるだろうがよぉ。アイドルで忙しいからアタシとは付き合う暇がないってか、あぁ？」

「い、痛い痛い、やめてルー姉！　腕が取れちゃう！」

自室で新曲の練習をしていたエミリーだったが、そこにルウが遊びにやってきた。

最近付き合いが悪いと言っているが実際その通り、エミリーはライブにレッスンにアレクに弄《もてあそ》ばれるのに忙しく、ルウと一緒に自由騎士ギルドの仕事を受けることはほとんどなくなってしまっていた。

「あ、そうだ！　ルー姉も一緒にアイドルになれば――痛い痛い痛い!!」

「ああいうのはこっぱずかしいだろうが。アタシはパスだ。お前らだけでやってろ」

「ルー姉、腕！　本当に痛いから！　やめて、助けてえええ!!」

ルウは以前アレクに誘われて舞台を見に行ったが、ああいうキラキラ着飾ったのは好きじゃないからと断っていた。

つい自分がアイドル衣装を着ている姿を想像してしまったのか、頬《ほお》を赤く染めエミリーを締め上げる腕にも力が入ってしまう。エミリーは悲痛な悲鳴をあげたのだが、ルウはいつものことと聞き流した。

「いたたた……うう。そういえば、ルー姉は卒業後はどうするの？　もうすぐでしょ？」

「卒業後なぁ。どうすっかなぁ」

ようやく可愛《かわい》がりから解放されたエミリー。ルウはソファにどかりと座り、背もたれに背中を預けて天井を見上げた。

「ルー姉ならいろんなところからスカウト来てるんじゃないの？」

「来てるけど保留中だな。いまいちピンとこねえんだわ」

貴竜《きりゅう》の男子よりも女子の方が強いのはよくあることだが、その中でもルウの強さはずば抜けていた。二年前、五年生の時点で当時の七年生の女子に喧嘩《けんか》を売り、激戦の末に勝利。その後、流れ作業のように同学年以上の男子を全て倒し、それからずっと学園最強の座に君臨している女傑である。

なおルウと同学年だった監督生男子は真っ先にぶちのめされ、レオノールに告白したが芸術に夢中だった彼女にもすげなく断られ、すっかり心が折れていた。

そんな時に出会ったのがエミリーだ。怪我をした同級生を心配して見舞いに来る優しくて可愛い後輩の女子にコロッと惚れてしまったという経緯がある。

現在もアイドル活動で順調にファンを増やしているので、もしかしたらエミリーちゃんが学園を卒業して成人する時には大量の求婚者が現れるかもしれない。魔力の成長期を過ぎた成人女性相手なら年上から求婚してもセーフなのだ。

そんなわけでとにかく腕っぷしの強いルウには王国騎士団に各領地の騎士団、そして自由騎士ギルドからのお誘いがひっきりなしに舞い込んでいた。自由騎士ギルドの活動の詳細なども評価されていて今すぐ第一線で働ける即戦力として期待されている。

　ちなみに学園を卒業した女貴竜は〝結婚〟、〝就職〟、〝婚活〟の三つに分かれるのが普通だ。上竜《じょうりゅう》学園在学中、四年生の冬の社交界でデビューをして結婚相手を探し始める。卒業までに相手が見つかればそのまま結婚というのが一つ目。結婚後は家庭に入るのがほとんど。

　二つ目は強すぎた女子によくあるパターンで、同学年に目ぼしい男子がいなかったので就職をして働きだす。働いている女貴竜のほとんどは未婚であり、他《ほか》の男たちを圧倒するほど優秀で仕事に打ち込んでいる者が多い。この世界の女騎士は簡単にはくっころされない強者揃《つわものぞろ》いなのだ。

　三つ目は学園卒業後も婚活を続けるというもの。まあ実際に婚活をする人はほとんどおらず〝ニート〟や〝家事手伝い〟のようなものだ。実家に住み着いて親の脛《すね》をかじりながらのんびりとニートライフを満喫している者もいるし、卒業後も学園の女子寮にずっと居座る者もいる。実は女子寮に住んでいるお姉様のうち数人がこのパターンである。

　普通に考えればルウは二つ目のパターン。腕っぷしの強さを活《い》かして騎士になるだろうと周りからは思われていた。

　ただルウ本人は本当にその選択でいいのかと悩んでいた。胸の中のモヤモヤが形にならず、卒業が迫ったこの時期でも決断を下せずにいるのだ。

「珍しいね。ルウ姉がそんなに悩んでいるなんて」

「……まあ、ちょっとな」

「何か悩んでいるなら私で良ければ相談にのるけど」

「チョーシのんなっての」

「イタッ！」

普段の覇気に陰りが見えるルウにエミリーは心配して声をかけたが、姉貴分の意地でスルーされてしまった。


女子寮の廊下をルウが歩いていると、向こうから見知った顔が歩いてきた。

「あれ、ルウちゃん。変な顔してどうしたの？」

同級生のレオノールだ。一目でルウが悩んでいることを見抜いたらしい。

「んー。ちょっと進路でな。そういえばお前は卒業後はどうするんだ？」

レオノールの専攻は〝芸術科〟。別名〝ニート科〟だ。ダラダラと日々を過ごし、人間たちが生み出した芸術の数々を消費するだけの堕落した貴竜が多い。そんな中で、芸術家の卵の発掘に尽力し、多くの芸術家のスポンサーをしているレオノールは異色の存在だったと言えるだろう。

「私はもちろんアレクくんのマネージャーよ」

そんな精力的に活動を続けていた彼女も、今ではすっかりアレクに魅了されてマネージャーが天職だと考えていた。実際、アイドルライブ事業は王国で誕生したばかりの最先端の流行であり、さまざまな分野の才人たちが協力し合う総合芸術と言っても過言ではない。今まで使い道のなかった魔道具を新しい演出に利用できないか検討するなど、毎日楽しそうに過ごし青春を謳歌《おうか》しているのだった。

「アレクか……」

ルウの思考に刺さった小さな棘《とげ》。それはメタルアント討伐依頼の時に、自分の檻《おり》を吹き飛ばしたあの爆発だった。

絶対に自分に勝てないはずの三年生の男子がどうやってあれだけの威力を生み出したのか。結局調べてもわからず、ただレオノールだけが〝アレクくんが似たようなことしていたかも〟と言っていたのだ。

「ありがとな。ちょっと考えてみるわ」

「よくわからないけど、どういたしまして？」


「おう、アレク。ちょっと面貸《つら》せ」

「あれ？　どうしたのルウ師匠。僕に何か用？」

レオノールと別れた後、アレクを探して無事に発見したルウ。

「ああ。ここじゃなんだからちょっと場所を変えるぞ」

「うわっ！」

軽々とアレクを抱き上げると、そのまま都市外の森まで連れ去ってしまう。

「この辺ならいいだろ。アレク。お前の最強の一撃をアタシに打ち込んでみろ。全力でだ」

「……どういうこと？？？」

――その日、都市の外で巨大な魔力攻撃が目撃され。

ルウは上機嫌な様子で卒業後も学園に残ることを決めた。

どうして彼女が騎士団に進まずに学園に残ったのか、理由を知る者は彼女以外いなかった。

■

冬が終わり、春の足音が聞こえる頃《ころ》。

レオノールお姉様とルウ師匠をはじめとした七年生たちが卒業を迎えた。

入学した時は入学式なんてなかった上竜学園だけど、卒業式も堅苦しい式典みたいなものはやらないらしい。そもそも堅苦しい儀礼とかみんな嫌いだからあんまりないんだってブーノ先生が言っていた。それでいいのか、王国。

で、式典が少ない代わりによく開かれるのがパーティ。

今回の卒業パーティもそうだし、新年のお祝いのパーティ、婚礼の時のパーティ、開戦時の激励パーティ、終戦時の祝勝パーティ、その他何でも、とにかく機会があればパーティだ！　というのがこの国の常識だ。

参加者はそれぞれ思い思いに着飾り、用意されたご馳走《ちそう》に舌鼓《したつづみ》を打ったり友人と歓談したりと楽しい時間を過ごすらしい。あ、ダンスタイムもあるから社交ダンスも当然の嗜《たしな》みなんだってさ。残念ながら僕たちはまだパーティの授業をならっていないので参加できないんだけどね。

そういうわけだから、パーティにありがちな政治的駆け引き？　暗躍？　権力争い？　そういうのはここのパーティではあまりやらない。嫌味の応酬から決闘になったり、気になる女性を一生懸命に口説《くど》こうとする男がいたり、パーティっていうのはもっとド派手で楽しいものだってブーノ先生は言っていた。

「ルウさん！　これが最後のチャンスだからお願いします！　俺《おれ》と番《つがい》になってください！」

そう、ちょうど今、僕が見ている前で卒業生の男子が告白したように。

「アタシの番になりたいならあんたの力を示してみな！」

そして、その告白を受けたルウ師匠が魔力を迸《ほとばし》らせたように。

「頑張れポール！　お前ならいけるはずだ！」

「ルウさん、ポールが負けたら次は俺と勝負を！」

「男を見せてやれー！」

「ひっこめポール！」

パーティ会場の中央、何も置かれていない開けた場所で先ほどの男子、決死の覚悟で挑もうという顔をしているポール先輩と、堂々とした態度で挑戦者を迎え撃つ王者の風格を漂わせるルウ師匠が向き合う。

周りの観客も盛大に声援や野次を飛ばしていて大盛り上がりだ。

「これがこの国のパーティかぁ……」

卒業決闘。

婚礼を賭けて闘ったり、学年最強の男を決めるために男子たちがトーナメントを組んで闘ったり、変わらぬ友情を誓って闘ったり。毎年何かしらの理由で卒業生同士がこうやって決闘をするのが恒例だそうだ。

みんな今日のパーティのために精一杯おしゃれをしているのに、それを気にせずに本気のバトルをできるんだから魔力物質の服は便利だなと改めて感心してしまう。

鮮やかな赤と金のドレスを着て、普段と違いアップヘアで纏《まと》めた髪に大きな花の飾りをつけているルウ師匠も楽しそうに暴れている。

ポール先輩もかなり強そうなのにルウ師匠に手も足も出ない様子で、学園最強と言われるルウ師匠がどれだけ強いのか改めて理解できた。

まあとりあえず。

「ルウ師匠、頑張ってー！」

僕がこっそり声援を送ると、それに気がついたルウ師匠が僕の方を見て笑顔で手を振ってくれた。

■

本来なら卒業パーティに下級生は参加できない。

このパーティに参加できるのは主役の七年生以外だと生徒の保護者、教員、そして王国の上層部の限られた人たちだけだ。

国王陛下や学園長も参加するパーティで教育が終わっていない下級生が粗相をしたら本気で首が飛ぶ。だから下級生は参加禁止というわけ。

そんな卒業パーティをどうして僕が覗《のぞ》いているのかというと、例の〝アイドル活動〟が原因だった。

今回のパーティの余興として僕たちのライブを見たいと依頼が来たんだ。依頼主は学園。学園長や教師たちだ。断れるわけがない。

たぶん卒業生のレオノールお姉様が中心となって人員を差配していたから、それもあって先生方の印象が良かったんじゃないかと思う。レオノールお姉様の評価が高くて大変だ。

それに最近はますますライブ人気が高じていて、学園都市全体で話題になっているという自覚もある。竜神教の信者さんには元々富裕層も大勢いるんだけど、ライブに呼ぶ客層は信頼のおける人間を選んでいるからその中でも上流階級が多いんだ。

ライブに参加する、チケットを手に入れるというのが一種のステータスになっている状態。最早《もはや》プラチナチケットだね。どうしてこうなった。

そんな状態ならこの都市の領主である学園長たちも当然把握しているだろうし、卒業式でライブを披露してくれと依頼されても不思議じゃない。

そういうわけで僕とリナちゃんたち六人がフルメンバーで今回は全力で披露することになった。僕はパーティに出席しているレオノールお姉様の代わりに全体を見る立場だから、ステージに出るのはリナちゃんたちだけなんだけどね。

今まで発表した曲の中で人気が高い曲を選んで練習し、魔道具を使った演出やみんなのパフォーマンスにも磨きをかけ、演奏担当やバックダンサーのスタッフも精鋭中の精鋭を選抜した。依頼主が依頼主なので経費とか細かいことを気にしないで済むのもいいね。

「そろそろ出番だよ。みんな準備はいいね？」

「もちろんよ！　私たちの歌とダンスでみんなの度肝《どぎも》を抜いてやるわ！」

リナちゃんをはじめ、全員やる気が漲《みなぎ》っている。

これなら最高のステージができそうだ。

ちょうどルウ師匠たちの決闘も一段落し、司会の人から準備が整ったと合図が来た。僕もいつでもOKとサインを送る。

『――それではここで余興を一つ行いましょう。街で話題沸騰のアイドルライブのメンバーがこの会場に来てくださいました！　皆様どうぞお楽しみください！』

「さあ、みんな！　ステージの始まりだ!!　楽しんでおいで!!」

「行ってくるわ！　最高のステージを期待していてちょうだい！」

一瞬の暗転、ステージの上にスポットライトが当たり、みんなが光の中へ飛び出していく。

最初のワンフレーズで観客の心を鷲掴《わしづか》みにするような前奏に、リナちゃんたちが一生懸命練習した一糸乱れぬダンス、そしてアイドルたちが高らかに歌い始めた。

□

会場に設置された魔道具がステージの上にいるアイドルたちを照らし出す。

少女から大人《おとな》の女性に移り行く途中の可憐《かれん》な乙女《おとめ》たち。華やかな笑顔と歌、ダンスに観客たちは男女問わず頬をほころばせる。

赤い少女、リナが前に出て高らかに声をあげると。


その瞬間、会場に鮮やかな赤の花が舞った。


「――ッ⁈」

ただの歌と踊りのステージだと思っていた観客たちが宙に舞う花に見惚《みと》れていると、今度はアナスタシアが前に出て、透明な氷の結晶が宙に現れる。ミラが前に出ると金色の玉が浮かび、それが魔道具の光を反射させてキラキラと輝く。

貴竜である少女たちにしかできないステージ。魔力を用いた演出が観客たちを魅了する。

双子が手を取り合い舞台の上から飛び出すと、楽しそうに歌い笑いながら空中に作られた赤と青の道を通って観客たちのすぐ目の前を歩いていく。

曲の変わり目に合わせてエミリーがアイドル衣装をその場で作り変えて新衣装をお披露目《ひろめ》すると、観客の男子学生たちからものすごい歓声があがった。目の前での衣装チェンジは彼らのハートをガッチリゲットしてしまったらしい。

「まるであいつらが主役みたいだな」

卒業祝いのパーティなのにすっかりアイドルのコンサート会場と化してしまっている。主賓の卒業生たちが大喜びなので問題はないだろうが、ルウが少しだけ苦笑をした。

「なに言っているの。ほら、ルウちゃん、よく見てあげて」

隣にいたレオノールがスポットライトを浴びて輝く少女たちを指差す。六人の少女たちがホールの中央にある決闘場の上に集まり歌い出す。

『期待と不安に胸を高鳴らせ学《まな》び舎《や》の門をくぐったあの日』

『きっと素晴らしい毎日が待っていると私たちは夢を見ていた』

手と手を取り合って交互に歌う双子たち。入学前の不安は消えて、毎日楽しく過ごしている少女たちが笑顔で歌う。

『喧嘩をしてぶつかり合って傷つけあって』

『悔しさに涙を流して眠れない夜を過ごしたこともあった』

『けれどいつの間にか友達になっていたね』

赤青黄の衣装を身に纏《まと》った少女たちが歌を続け、お互いに向き合って手を重ねる。いつも喧嘩をしているけど不思議と仲良しな三人組だ。

『この学園で過ごした素晴らしい日々が私たちを変えてくれた』

真っ黒なドレスを着た一人ぼっちの少女がスポットライトに照らし出される。

『ありがとう』

光の中で、黒いドレスは光り輝く純白に変わる。宝石を糸にしたかのような唯一無二の輝きを少女が見せる。

『この学園に来れてよかった。あなたに会えてよかった』

少女の黒い瞳《ひとみ》がまっすぐにルウを見つめていた。

『今日という素晴らしい日をあなたと一緒に迎えることができた』

この学園に入学し、友人たちと多くの時を共に過ごし、そして卒業を迎えた生徒たち。大好きなルウへ贈られる、万感を込めたエミリーからのプレゼント。

「――ご卒業、おめでどうございまず！」

最後の最後で耐えきれなくて涙が溢《あふ》れ出し、それを見ていたルウの頬にも熱いものがこぼれた。

泣きじゃくるエミリーを双子たちが支え、三人組はそれをカバーして歌を続ける。

「ぐすっ、あいつは……。最後くらいしっかり決めろよな……」

「うふふ。エミリーちゃん、本当に見違えたね」

涙を拭うルウの隣でレオノールが声をかける。

入学した時は田舎者《いなか》丸出しで態度も言葉遣いも荒く、自分が一番強くて偉いと思い込んでいる井の中の蛙《かわず》だったエミリー。

そんなエミリーの鼻っ柱を叩《たた》き折って、寮の生活をサポートして、勉強に凹《へこ》んで腐りかけそうになるのを引っ張りまわしたのがルウだった。

「知ってる？　ダイヤモンドはね、石炭と同じものからできているの。ただ作られる過程が違うだけ」

光り輝くダイヤモンドも真っ黒な石炭もどちらも炭素から作られている。

「ダイヤモンドになれるのはほんの一握り。ものすごい熱と力が加わってようやく宝石になることができる」

ダイヤモンドも、ルビーも、サファイアも。どれもがとてつもない高温と高圧を有する〝溶岩〟の力で作られる宝石だ。

「ほらルウちゃん。エミリーちゃんの晴れ舞台、しっかり見てあげましょう。すごく綺麗《きれい》よ」

「……ああ、そうだな。いつの間にかあんなに綺麗になって……」

ルウがいたから、ルウが教育を与えたからエミリーは〝石炭〟から〝ダイヤモンドの原石〟に変わることができた。

そして原石は人の手によって磨かれ、光を浴びて真の輝きを発揮する。

「あいつはもう、アタシがいなくても大丈夫なんだな」

ルビスとサフィアに支えられながら歌い始めたエミリーの姿に、ルウは彼女たちが〝宝石〟へ変わったことを確信し、笑顔でステージを見つめるのだった。

そして最後の曲。六人の少女たちは歌いながら卒業生たちに魔力で花を贈る。本来は家族や親友、恋人にしか贈らない花を渡していく。

あなたたちの人生が幸福でありますように。

これからの毎日が充実したものでありますように。

確かな祝福と優しい祈りを込められた花と、未来への夢と希望に溢れた少女たちの歌は卒業生たちの心にしっかりと届いていたのだった。

——監督生の男子は決意を新たにしつつ大号泣しっぱなし。

——ルウは妹分の立派な姿に何度も涙をこぼしそうになり。

——そして、ゲストでありながら今回のライブの企画と演出にも少しだけ関わっていたレオノールは、彼女たち〝アイドルの原石〟を磨き上げ、光り輝かせるのがこれからの自分の仕事だと思いを新たにした。

観客たちの心に多くの輝かしい記憶を残して、卒業記念のアイドルライブは終わりを迎えたのだった。

■

リナちゃんたちのステージは大盛況だった。

ライブを見た国王陛下も学園長もすごく喜んでくれたみたいで、来年もまた頼むとブーノ先生からも声をかけてもらった。

実際、ステージの後もずっと熱気が冷めずに残っていたようで、いつもライブに来てエミリーちゃんに声援を送っている監督生の先輩がライブ後にルウ師匠に勝負を挑んだり、舞台袖から見ていても楽しかったよ。

ちなみに監督生先輩は結婚の申し込みじゃなくて学園最強の座を賭けた勝負がしたかったらしい。

ルウ師匠には負けていたけど今日見た中では一番いい勝負だった。

そんなわけで大いに食べて飲んで騒いで、卒業パーティも終わりを迎えた。

別れを惜しんで泣いたり、暗い雰囲気になっている人もいなくて、みんなカラッとした雰囲気で〝元気でいろよ！〟と励まし合っている。そういえば村を出た時の僕とリナちゃんもこんな感じだったなぁ。

みんな前向きに旅立ちを見つめていて、こういう卒業もいいなぁって思った。

これで学園生活の二年目も終わり、残り五年。僕も悔いのない卒業を迎えられるように、もっともっと頑張ろう。

■

その夜。今日のステージを労《ねぎら》うためにみんなをリナちゃんの部屋に呼んで慰労会を開いていた。

「これのどこが慰労会なのよ！」

エミリーちゃんが怒っているけど慰労会です。

「アレク、来て♥」

「旦那《だんな》様、わたくしを選んでほしいですの♥」

「アレクくん♥　こっちこっち♥」

ステージ衣装を着たまま思い思いのポーズで僕を誘惑しようとするリナちゃんたち。

「ちょ、ちょっと恥ずかしいね……」

「先輩たちに見られちゃう……はぅ……」

言葉通り恥ずかしそうにスカートをめくって見せるサフィアちゃんとルビスちゃん。

「この変態！」

そして一人だけエッチなポーズをしてくれないエミリーちゃん。

「うーん、これは難しい審査だなぁ」

厳正な審査によってみんなの下着と唇の感触を味わったあと、本日のメインイベントを開始した。

「じゃあみんな、ベッドの上に横になってね。仰向《あおむ》けで足を開いて……そうそう」

エミリーちゃん以外のみんなが素直にベッドの上に寝てくれたので、さっそくリナちゃんの上にのしかかった。

「リナちゃん、いくよ」

「うん、来て♥　あなたのをちょうだい♥」

ゆっくりと腰を進めてパンツを破ると、リナちゃんの熱々オ◯ンコに挿入していく。これだけですごく気持ちいいけど今回は特別な日なのでスペシャルバージョンです。

「ここを……こうして……――来たっ!!」

オチンチンがオ◯ンコに入っていく感覚が、幾重にも重なる。

吸い付いてくるオ◯ンコ、ビリビリするオ◯ンコ、僕のオチンチンにジャストフィットするオ◯ンコに、キツキツで二重に包まれているような感覚のオ◯ンコ。

みんなのオ〇ンコの感覚が僕のオチンチンに集まっている！

「ひぅっ♥　な、なんですの、旦那様のが♥　入ってきますの♥」

「え……んんっ！♥　な、なんでアイツのが、私の中に……ああっ!?　♥」

みんなの反応も上々。ついに僕はやり遂げた。

魔力を使った僕のオチンチンの複製――〝魔力バイブ〟。みんなのパンツを構成する魔力に干渉し、同調し、僕の魔力を使ってオチンチンそっくりのバイブをパンツの中に生成した。

このバイブは魔力の波長が僕のものだから本物と変わらないし、しかも魔力を通じてオ〇ンコの感触もフィードバックしている。サフィアちゃんとルビスちゃんの感覚の同調を参考にして作り出したんだ。

つまり僕一人で六人の女の子たち全員と同時にセックスしているのと一緒ってことだね。ちゃんと想定通りに魔力バイブは完成し、感覚の同調もできた。ここまではパーフェクトだ。

「はぁはぁ……これ、気持ちよすぎる……ご、ごめんね、もう出ちゃう……」

「うん♥　いつでも出して♥　あなたの赤ちゃんの素いっぱいちょうだい♥」

ただ、欠点は快感も何倍も増えるから気持ち良すぎるってことかな。

奥まで入れただけで気持ち良すぎて我慢の限界が来ちゃった。リナちゃんの体に抱きついてキスをしながら射精した。

ビュルルルルルルルル!!

「んん♥　はぁ♥　あなたのが……ん、ちゅぅ♥　好きよ、アレク♥　私の中でいっぱい出して♥」

リナちゃんの中が射精に合わせて蠢《うごめ》く。いっぱい子作りエッチしてきたから僕の射精に合わせて精液を搾り取る動きを膣《ちつ》が憶える。

そして、それはリナちゃんだけではない。

「ふあ～♥　アレクくんのが……わたしの中に出てるのがわかるよ～♥　んふふ、いっぱい射精してえらいね♥　いい子いい子♥」

僕の魔力バイブから絶頂にあわせて魔力精液（ただの魔力の塊）が噴き出すと、それを合図に女の子たちのオ〇ンコが魔力バイブを締め付けてきて、それが六人分重なって。

ビュビュビュビュビューーーッ！！！

「ふぁ♥　アレク先輩の、また出たぁ♥　私も、私もイっちゃうぅぅぅ♥」

「ぁ、あっ♥　アレク先輩の精液……注がれてるぅ……んあぁぁぁ♥」

快感の連鎖が続き、まるで蟻《あり》地獄のように抜け出せない。

「だんなさまぁ♥　ナーシャもキス♥　キスしたいですのぉ♥」

ナーシャちゃんがベッドの上を這《は》って、僕に抱きついてキスをして。

「えへへ～♥　なんだか不思議な感じ♥　後ろからアレクくんにエッチされてるのに、わたしの前にアレクくんがいる～♥」

僕の背中に抱きついたミラちゃんが背中におっぱいを押し付けて耳をペロペロと舐《な》めてきた。

「あぁあっ♥　アレクのまだ出てるぅ♥　すごいっ♥　子宮があなたの精液で溺《おぼ》れちゃう♥　あっ♥　このまま妊娠させてぇ♥　はやく赤ちゃん産みたい♥　あなたの赤ちゃんほしいのぉ♥♥」

そしてリナちゃんが僕の腰に足を絡ませて、両手を恋人握りでしっかり指を絡めて放さない。壊れた蛇口みたいに僕の精液がリナちゃんの中に注ぎ込まれて飲み込まれていった。

僕に絡みついて離れないリナちゃんたち三人。

ベッドの上で抱き合って魔力バイブの快感に身を任せているサフィアちゃんとルビスちゃん二人。

そして一人だけ床の上で潰《つぶ》れて動けないのがエミリーちゃんだった。

「やっあっ♥ なんで、こんにゃの、おかしっ♥ やりゃぁ♥ これいじょうらさないれ……!♥」

あー。ダメだ。また出る。

ドビュ!! ビュビュビュ――――ッ!!

「やあああああぁぁぁ♥♥」

僕の射精に合わせてエミリーちゃんが床の上でブルブルと震える。エミリーちゃんは僕の魔力を魔宮で受け止めて混ぜ混ぜするのが癖になっちゃってるからね。純粋な魔力だけで構成されている魔力精液が効きすぎちゃっているみたい。

「あっ♥ あっ♥ とまらにゃ♥ またきちゃう♥ たすけ♥ たしゅけて♥」

床の上にひっくり返って腰をへこへこしちゃうエミリーちゃんには悪いけど、助け起こしにいく余裕がないのでそのままでお願いします。またイっちゃいそう、ごめんねエミリーちゃん。

六人分のオ〇ンコの快感が送られてきてすぐに射精準備が整ってしまう。

オチンチンの動きに魔力バイブが連動し、女の子たちの子宮口をぐりぐりとイジメながら狙《ねら》いを定める。

もう脳みそには魔力を制御しようなんて意思はほとんど残っていない。ただただ女の子たちを孕《はら》ませたいという本能だけで魔力バイブを本物のように操作していた。

そして限界を迎えた本能が解放される。

「「「「「「あ～～～～～～～っ！！！！♥♥♥」」」」」」

僕の精液と魔力精液がみんなのオ〇ンコの中に、子宮の中に注がれていく。

六人分の中出しの快感は凄《すさ》まじくて、僕のオチンチンは全く力を失わずにまた射精の準備に入ってしまうのだった。

■

その後も何度も何度も精液と魔力精液を吐き出して、一度イってもまたすぐにイって。

精液と魔力が空っぽになるまでたくさんたくさん射精した。

「いっぱい出してくれてありがとう、あなた♥」

最後は精液ボテしてお腹がぽっこりしたリナちゃんに抱きしめられながら眠気が襲ってきた。

魔力バイブは気持ちいいしみんなとエッチできるのは最高だけど、もっと使いこなして慣れないとダメだね。

「お疲れ様。また来年もよろしくね♥」

たくさんのお嫁さんたちに囲まれて、僕は来年も頑張ろうと思いながら幸せな眠りに落ちていった。

エピローグ

「あれがセレスのお気に入りか」

「ねえプラティナ。彼はものになりそうなの？」

「さあな。できればセレスに子を孕《はら》ませてほしいところだが、そこまで伸びるかはわからん」

卒業パーティが終わった後。舞台袖から顔を覗《のぞ》かせていた雑竜《ざつりゅう》の少年アレクの話題を肴《さかな》に、二人の竜の美女がグラスを傾けていた。

普段のビジネススーツと黒縁眼鏡《めがね》をやめて、天上の星々のように宝石が煌《きら》めく闇夜《やみよ》の色のドレスを着た怜悧《れいり》な美女。学園長であり学園都市の領主、そしてセレスの主であるプラティナ。

艶《あで》やかな純白のドレス、職人の粋《すい》を凝らした黄金の飾り、光り輝く美貌の美女。白金の髪と瞳《ひとみ》をしたこの国で最も高貴な女性、国王メリオール。

二人は普段はそれぞれの領地で忙しく過ごしているが、学園の卒業パーティに出席するという名目で久しぶりに再会した。そしてプラティナの屋敷でゆっくりと旧交を温めているのだ。

二人の会話の内容は卒業パーティとは関係ないものだったが。

「セレスの報告で見つかった新たな〝イブ〟の件もある。できれば早々に子を孕ませてほしいが

「……」

「〝生命〟と〝毒〟。あの耳長たちが知ったらどうなるかしら。南の特殊属性だもの」

「ふん、あいつらなら知ったところで処分して終わりだ。それなら我らの国に迎えて何が悪い」

姉のメリオールは愉快そうに笑うが、妹のプラティナは合理的に返す。

美人姉妹が気にかけているのはミネット——特殊属性の毒の魔力を持つ猫耳少女の存在。

「幸か不幸か、セレスほどの魔力は持っていないようだからな。時期が来れば子も生《な》せると思うが、さてどうなるか」

「新しい属性魔力の血統が誕生するといいわね。何十年ぶりかしら？」

「しばらく国境が平和だったからな。たしか前回は北の鉱山の連中だったたな」

「あら、東じゃなくて？　一人攫《さら》ってきたと思ったけど」

「残念だがそっちは子に属性が引き継がれなかった。上手《うま》く血が混ざらなかったのだろう」

彼女たちが語るのはこの国の歴史。

竜の王国が他《ほか》の種族から奪ってきた属性についてだ。

北の大鉱山に住まう大地の民、魔法金属を造り出す術を持つドワーフたちから〝金〟や〝銀〟を。

東の大海原を支配する海の一族、大洋と大空を泳ぐ龍の一族から〝雷〟や〝霧〟を。

南の大森林、世界樹の恵みによって生命溢《あふ》れる森が育んだエルフと魔物たちから〝生命〟や〝植物〟を。

西の大平原、数多《あまた》の魔物の血と屍《しかばね》の中から生まれた魔王たちから〝精神〟や〝空間〟を。

竜種の血に定着した属性もあれば、上手く継がれずに消えてしまった属性もある。

だが、竜種が、王国がそれらの属性を求めてきたのは事実である。

全てを喰《く》らう貪欲。全てを欲する強欲。全てを犯す好色。

外部から血と魔力を奪い、自分の力としてきた竜たちの歴史。

王都の小さな縄張りから始まり、周囲の全てを喰らい血肉として巨大化してきた。その歴史の一つにミネットの血統が織り込まれ、王国に〝毒竜〟が誕生することを姉妹は願っていた。

「新たな貴竜《きりゅう》家の誕生を願って」

「私たちの王国の繁栄を願って」

王国を背負う二人がグラスを傾ける。

――祖である真竜《しんりゅう》を誇りにする貴竜家、その中に無数の欺瞞《ぎまん》が含まれていることを多くの者は知らない。

□

王国南部、大森林。

生命力溢れる植物たちと魔力によって巨大化した魔獣たちが跋扈《ばっこ》する地。多くの珍しい動植物が溢れる宝の山だが、貴竜ですら簡単に命を落とす恐ろしい魔境である。

「エルフどもと連絡が取れないか。何がどうなってるんだ？」

「わかりません。いつもならば一定以上の距離を進めば必ず姿を見せるのですが、今回は全く反応せず三倍の距離を進んでも接触できませんでした」

南の大領地を治めるカミル家当主マルタンは、よく日に焼けた顔を大きく歪《ゆが》めてため息をついた。三十代ほどの筋骨隆々な男性で頭部には一切の毛が生えていない。所謂《いわゆる》スキンヘッドだった。

「大森林の魔物たちが異常発生している原因を探ろうという時に今度はエルフが消息不明か。……中央に報告を上げておけ。ウチの騎士団だけでは対処できないかもしれん」

「はっ！　かしこまりました！」

大森林の支配者を自称する他種族《エルフ》だが、あの大森林の中に居を構え、一定の生活圏を確保している戦力は決して侮《あなど》れるものではない。

そんなエルフたちと連絡が取れなくなり、更に大森林から多くの魔物たちが溢れてくるという異常事態が発生している。

「もしかしたら、南部壊滅くらいはありえるかもな……」

さすがに女王と王妹をはじめとした中央の戦力、王国の総力には敵《かな》わないと思うが、南部の戦力だけでは今回の異常を乗り越えられないかもしれない。

そう考えたマルタンは複数の斥候《せっこう》を大森林に送って少しでも情報を集めつつ、伝手《つて》に手を回して戦力をかき集めようとするのだった。

南部は王国の食料庫。この地が壊滅すると王国全体が飢饉《ききん》に襲われる。また、大森林に近い場所でしか栽培できない薬草などもあるのでそこが壊滅するとポーションなどの生産も止まってしまう。

マルタンの決断に王国の未来がかかっているのだった。

□

王国北部。ドワーフの集落から北の領主の元に一通の手紙が届けられた。

内容はドワーフの集落の指導者が交代し、新たにドワーフ王を自称したというもの。

そしてそのドワーフ王が北の領主の娘アナスタシアの輿入《こしい》れを希望しているという内容だった。

断った場合は力尽くで奪い取るという旨も書かれており、いつでも戦争の準備はできていると挑発していた。

「あの石食いどもめ……〝王〟を僭称《せんしょう》した上に私の娘を力尽くで奪い取るだと？　どうやら穴倉に籠っている間に自分たちの立場を忘れてしまったようだな。今すぐ滅ぼしてくれようか」

北の大領地を治めるクリスティアル家の当主フィリップは手紙を一瞬で凍り付かせ粉々に消滅させた。

王国にとって〝王〟とは国王である女王ただ一人。大領主であるフィリップでさえ王を名乗る気はない。

王を名乗るということは〝国王に匹敵する武力〟を有するという宣言に他ならない。つまり単身で王国に多大な被害をもたらす〝国家級戦力〟を意味する。〝魔王〟が〝魔物の王〟と呼ばれるのもそれだけの強さがあると恐れられているからだ。並みの貴竜では相手にならず、精鋭の領主や騎士たちが複数がかりで対処するというのが〝最低ライン〟だ。

そんな王を僭称したのみならず、愛する娘まで引き合いに出されてブチ切れないわけがない。怜悧な美貌のウチに激情を秘めた男。それがフィリップだ。彼の発する冷気により執務室に霜が降りる。

北の大鉱山の地下に巣くうドワーフ族は「母なる大地より生まれた」と自称し、真竜の子孫である王国の貴竜たちとは別種の魔力を持った種族だった。

彼らは大地や金属の加工に長《た》けており、魔力から〝魔法金属〟を創り出すことができる世界で唯一の職人集団だった。

魔鉄などの魔力を帯びた金属を加工するのではなく、無の状態から自分たちの魔力だけを材料に完全な物質を創り出す力。貴竜にはないこの特性を惜しんだ王国が、ドワーフを滅ぼすのをやめて大鉱山の地下で暮らすことを認めたのだ。

だが、ドワーフたちは大鉱山の地下を要塞に改装し、度々王国に対して反抗的な態度を取るようになっていった。劣った魔力物質しか生み出せない貴竜よりも、魔法金属を生み出せる自分たちの方が優れていると主張しているのだ。

そんなドワーフたちの首根っこを掴《つか》んで取引をし、時には増長した彼らに懲罰を与えるための力の持ち主。それが北の大領地を治める大領主である。

そんな状況だったのでドワーフの集落は何度も王国の竜によって攻め込まれ、彼ら独自の属性魔力を目当てに何人ものドワーフ族の女たちが攫われていった。そして新たに誕生したのが〝金〟〝銀〟〝鉄〟などの金属系の希少属性を持つ貴竜たちだった。

だが、ドワーフたちの持つ属性を奪ったのはいいものの、肝心の〝魔法金属を創る〟能力までは遺伝しなかった。結局貴竜が作れるのは魔力物質止まりだったのである。

こうした争いが続き互いに因縁を深めながらも、戦力で勝る王国と魔法金属を有するドワーフの交流は続いていた。

「今すぐに懲罰軍を……いや、待て」

寒さに凍えそうになっている部下たちに指示を出そうとして、思いとどまる。

「これもいい機会か。ナーシャを呼ぼう。この地の領主の仕事というものを私が直々に教える」

冷気の放出を止めフィリップが手早く便箋の用意をする。

表情が変わっていないのでわかりにくかったが、さらさらと滑るような筆音も心地よく娘への手紙を書きあげた。

「これをナーシャへ。大至急だ」

「は、はい！　わかりました！」

手紙を受け取った部下が慌ただしく執務室を出て行く時にはすっかりフィリップの機嫌は直っていた。

むしろ久しぶりにナーシャと再会できるいい機会だと思い精力的に政務の続きに励んでいく。今から仕事を終わらせればその分ナーシャとの時間を取れるからだ。

□

「あら、お父様からのお手紙ですの！　この前送ったばかりですのにまたお返事を書いてくださいましたの？」

手紙が学園都市に運ばれ、アナスタシアの手に渡った。

愛する父からの手紙を喜んで受け取るといそいそと手紙の封を切る。

「……どわー、ふ？」

新たな激動の一年が始まろうとしていた——。

書き下ろし番外編　魔石

卒業生の男子は、素晴らしいパーティの思い出をそっとベッドの枕元に置いた。

魔力で作られた純白の花。魔道具の光にキラキラと眩《まばゆ》く輝く花はいくら見ていても飽きない。

本来魔力物質でできたプレゼントは親しい相手にしか贈らないものだ。卒業生の男子も今まで貰《もら》ったことはない。異性はもちろん、交換し合うような親友もいなかった。

……実は男子は一度だけ魔石を作ってレオノールに贈ったことがあった。贈った相手が魔石を受け取り、自分の魔石を作って交換してくれれば晴れて恋人になれる。学園で貴竜《きりゅう》の男子がよく行う告白方法だった。だが、彼が贈った魔石はその場で返却された。これは告白失敗、つまりフラれたということになる。

レオノールに告白してフラれた少年だったが、その後クラスの全員がレオノールに告白してフラれていることが判明。結局みんなでお金を出し合って南部の高級酒――貴竜が酔える酒は南部の貴重な素材を使って造られている――を買ってやけ酒したのだ。

いい感じに酔っぱらった全員で女子寮に突撃して、管理人に撃退されたりもしたが……二日酔いと股間の違和感で目覚めたあの朝は人生最悪の朝だっただろう。クラスメイトたちの情けない顔を今で

も覚えている。

一生誰にも語らず墓場まで持って行く、あの場にいた者たちだけの秘密。いわゆる黒歴史というやつだった。

そんな学生時代を送った男子が、卒業パーティで女子から直々に魔力の花を渡されたわけだ。

さすがに他《ほか》の同級生たちも一緒に花を貰っている中で「この子は俺《おれ》に気があるのでは？」と童貞臭い勘違いはしなかったが、それでも嬉《うれ》しかった。

翌朝、男子は目覚めてもまだ枕元に花が咲いているのを見て、ウキウキとした気分で学生寮から出て行った。

就職先である東部に向けて出発し、騎士団の寮で新しい生活を始め。

一週間後に魔力が尽きて花が消えてしまい、少しだけ落胆したけれど新しい仕事に一生懸命励むのだった。

□

学園都市の中央に鎮座する竜神殿だが広い都市の中には小神殿がいくつも散らばっている。

その小神殿の中で最も大きく豪華で、中央の本神殿にも見劣りしないのが娼館《しょうかん》エリアに存在する小神殿だ。

この小神殿に所属する女性たちの多くが〝竜娼〟、貴竜の相手をする娼婦《しょうふ》の役割を担う者たちだっ

た。

　この娼館エリアに存在する小神殿は他の小神殿と区別するために〝竜娼殿〟と呼ばれていて、貴竜の男たちはこの娼館ならタダで遊ぶことができる。

　王都の竜娼殿には王国中から集められた選りすぐりの娼婦たちがいて、時には貴竜に見初《みそ》められ妾《めかけ》として迎えられるということも多々あった。

　一方、王都と比べると学園都市の竜娼殿では少々とうが立っている娼婦たちが集められているのだが、その分経験豊富で包容力に溢《あふ》れた女性たちが揃《そろ》っており、未熟な貴竜男子たちを導くことを期待されていた。

　また、性格や普段の行いに問題がないことはもちろんだが、竜娼に選ばれるには熱心な竜神教の信者であることも条件づけられているので、王国の娼婦たちは休日になると熱心に竜神殿に参拝に通うことが多かった。

　そんな竜娼の一人が熱心に礼拝室で祈りを捧《ささ》げていた。元々は王国の別の街で娼婦をしていたが、その街の竜神殿の司祭が推薦してくれて学園都市にやってきた女だった。

　それから数年、初々《ういうい》しい少年の筆下ろしをしたこともあるし、精力旺盛な若者に一晩中弄《もてあそ》ばれて息も絶え絶えになったこともあるが、特に大きな問題もなく勤め続けていた。

　彼女の手には拳《こぶし》大の茶色の魔石が握られている。毎回この竜神殿に来る度に彼女を指名する貴竜から贈られたものだ。何の魔力も持たないただの人間に過ぎない女に貴竜の少年がくれた宝物だった。

　それ以来、肌身離さずその魔石を身につけ、魔石を握って祈るのが習慣となっていた。

しばらく礼拝室で祈りを捧げていた女が重い体で移動する。無事に竜娼殿の中にある彼女の部屋まで辿《たど》り着き、一息ついていると待ち人がやってきた。

女の年齢の半分くらいの若々しい少年。茶色の髪にちょっと地味な見た目をしているが、よく見ると貴竜らしく端正な顔立ちをしている。

そんな彼が部屋に入り、出迎えた女を抱えてロッキングチェアに座らせた。大きく膨らんだ女のお腹《なか》を撫《な》でて、穏やかに話を始める。

いつものように心地良い時間だったが、女はほんの少しだけ少年の表情に陰があったことに気がついた。

さりげなく問いかけるが何も言わず、最近街で流行《はや》っているアイドルの話題を口にする少年に女も話を合わせる。竜神教の熱心な信者たちがべた褒めでアイドルライブを絶賛するので女も少しだけ耳にしていた。残念ながら実物を目にしたことはなかったが。

その後もポツポツと会話を交わし、少年は竜娼殿を後にする。来た時と比べると少しだけ表情が明るいが、それでもまだ陰がある。少年が帰っていった後、女は魔石を手に、彼の身を案じて祈りを捧げるのだった。

竜娼殿の帰り道。地味な少年が懐から小さなペンダントを取り出した。

円形の台座に四つの窪《くぼ》みがあるその装身具は、数年前に彼と友人たちが友情を誓って作った思い出の品だ。

だが、ペンダントの窪みの中にハマっているのは茶色の魔石一つだけ。

あるはずの赤、青、緑の三つの魔石がなくなっていた。

何も残っていない窪みを見つめ、再び懐に大事に仕舞ってから少年は寮の中に入っていくのだった。

□

双子がはじめて魔力同調を行った翌日。普段と違う色を纏《まと》った二人に事情を知らないリナたちは目を丸くした。

リンクは切れていたが魔力の色が元に戻るまで少し時間がかかっていて、普段から赤＝ルビス、青＝サフィアという認識をしていた周囲の人間は少し困ってしまった。

そこでリナたちが注目したのが、二人が身につけているアクセサリーだ。二人が持つアクセサリーの魔石の色だけは変わっていなかった。

右耳に赤い魔石の耳飾りをつけた少女がルビス、青い魔石の首飾りをつけた少女がサフィアだと判断したのである。

だが正解は逆。赤い耳飾りをつけているのがサフィアで、青い首飾りをつけているのがルビスだ。

このアクセサリーは学園に入学する前、領地でお祝いのパーティが開かれた夜に、ジャラジャラとつけられた青い飾りを外しながらサフィアがルビスに提案したものだった。

領地にいる間は秘されていたルビスだが、貴竜に生まれた子女として学園に通わないわけにはいかない。当然サフィアとルビスが双子であり、ルビスの魔力が変異していることも周囲にはすぐにわかるだろう。何しろ二人は身に纏う色以外はそっくりなのだから。

だからサフィアは学園に通う間だけは堂々とルビスの姉であると誇ろうと思った。姉妹であることを隠したりなんかしないと。

そうしてルビスを説き伏せ、お互いの魔力で作った魔石を交換することにした。サフィアは妹の魔力が込められた真っ赤な耳飾りを身につけ、ルビスは姉の魔力が込められた青い首飾りを身につけ、その光景を見ていた両親はお互いの色を纏い合う双子に静かに微笑《ほほえ》んだ。

そんな赤と青の魔石を使ったアクセサリーは、二人が魔力同調をしても色を変じることはなかった。

大切な妹との絆《きずな》を示すために作られた青い魔石。

大好きな姉の願いに応《こた》えるために作られた赤い魔石。

二人の気持ちが今も変わらないように。決して染まることなく、色褪《いろあ》せることなく輝き続けている。

□

蒼《あお》の真竜《しんりゅう》サフィールは新しい寝床で目を覚ました。ほんのつい最近引っ越しをしたばかり――真竜の時間間隔はとても長い――だが、いつも同じ間取りの巣穴を作るので戸惑いも目新しさもない。

サフィールは象よりも大きな蒼い体を揺らし、のしのしと廊下を歩いていく。目指す場所は彼の大切な物を保管する部屋、いわゆる〝宝物庫〟だ。

金銀財宝を好む竜らしく宝物庫の中には大量の財宝が眠っているが、そのほとんどは血族である貴竜のサフィール家から献上されたものだった。

サフィール家は真竜サフィールが魔法で作った宝石を加工して莫大な富を得ており領内には多くの職人を抱えていた。そして宝石の研磨やカットだけではなく、装飾品として仕上げるための金銀細工も一緒に発展していた。

そんな職人たちの中でも当代随一と謳《うた》われた腕利きたちが代々作り上げてサフィールへ献上した装飾品である。ドワーフの一流の職人が作った品にも劣らない見事な代物だった。

そんな宝飾品が並ぶ棚を通り抜け、サフィールは一番奥の壁に設けられた棚の前に立った。棚には人間なら一抱えはありそうな大きさの魔石がいくつも飾られている。

彼の宝物庫で最も価値があるものだ。大小様々で色も形も起伏に富む魔石に意識を向け、込められた魔力を感じ取る。

この魔石を作ったのはサフィールと交流のあった真竜たちであり、そのほとんどは既にこの世に存在していなかった。

争いの中で命を落とした者、生きるのに飽きて世界に溶け込み神の一柱となった者、王国を飛び出し世界の果てを目指した者。

彼らが存在していた証《あかし》はこれらの魔石しか残っていない。そして誰《だれ》かに破壊されない限り未来永劫《えいごう》このまま残り続けるだろう。

サフィールは魔石に込められた懐かしい魔力に浸り、遠い過去に思いをはせていた。

そしてしばらく思い出に浸った後、その隣の棚に目を向けた。

こちらに並んでいるのは青い宝石の輝きを放つ魔石たち。そのどれもがサフィールの魔力と酷似している。

彼が愛する子孫たちから贈られた魔石を飾っているのだ。整然と並べられた魔石たちの数を数え、一つの欠けもないことを確認して満足そうに目を細める。

貴竜たちが作った魔石はやがて魔力が尽きて消える。遠く離れていても製作者が憶えていれば魔力を維持することができるが、製作者が死亡してしまえばやがて魔力供給が途切れて消えてしまう。

真竜の魔石のように遺《のこ》ることのない貴竜の魔石は、脆《もろ》く儚《はかな》い貴竜たちの命そのもののようだとサフィールは感じていた。

いつか終わりが来るからこその美しさ。ついこの間生まれたばかりの幼い貴竜から贈られた魔石は彼の一番のお気に入りだ。

この魔石がもっともっと増えればいい。宝物庫の全てを埋め尽くすくらい魔石が増えてほしいとサフィールは願っていた。

まあ、その時は宝物庫を増設するだけなのだが。

——遥《はる》か過去と遠い未来。宝物庫の中で魔石は静かに輝いている。

あとがき

無事に二巻が出版となりました。ありがとうございます。作者の晴夢です。

改稿作業中にいろいろなことに襲われたのですが、無事に出版まで辿り着けてホッとしています。

私の執筆に理解を示し協力してくれた家族、心配していただいた皆さん、そしてこの本を出版するためにご協力いただいた方々に本当に感謝しています。ありがとうございます。

今回はネット掲載分に加筆をしたり丸々書き直した部分が多く、この書籍版で初登場となる新キャラも出てきます。ネット版ではあまり語られていなかったアレクの心情描写なども増えているので、既読の方もそうした違いを楽しんでもらえたら嬉しいです。

もちろんえかきびと先生の描く可愛くてエッチな女の子たちのイラストも必見です！　ヒロインたちのとっても可愛い姿が見られて作者冥利に尽きます。

また、物語としては学園と学園都市を舞台にした話は今回で一区切り。王国に危機が迫る中でさらにパワーアップしたアレクたちが各地に飛び込んでいきます。

新しい土地、新しい種族、新しい出会いが待ち受けるアレクの物語をこれからも応援よろしくお願いします！

エロゲファンタジーみたいな異《い》世《せ》界《かい》のモブ村《むら》人《びと》に転《てん》生《せい》したけど折《せっ》角《かく》だからハーレムを目《め》指《ざ》す2

初出……「エロゲファンタジーみたいな異世界のモブ村人に転生したけど折角だからハーレムを目指す」
小説掲載サイト「ノクターンノベルズ」で掲載

2024年7月5日　初版発行

【　著　　者　】　晴《はれ》夢《む》
【イラスト】　えかきびと

【　発　行　者　】　野内雅宏

【　発　行　所　】　株式会社一迅社
〒160-0022
東京都新宿区新宿3-1-13　京王新宿追分ビル5F
電話　03-5312-7432（編集）
電話　03-5312-6150（販売）

発売元：株式会社講談社（講談社・一迅社）

【印刷所・製本】　大日本印刷株式会社
【　D　T　P　】　株式会社三協美術

【　装　　幀　】　AFTERGLOW

ISBN978-4-7580-9657-7

おたよりの宛先
〒160-0022
東京都新宿区新宿3-1-13　京王新宿追分ビル5F
株式会社一迅社　ノベル編集部
晴夢先生・えかきびと先生